Дым и пепел
Smoke and Ash
Федор Сологуб
Fyodor Sologub

Smoke and Ash
Copyright © JiaHu Books 2016
First Published in Great Britain in 2016 by JiaHu Books – part of
Richardson-Prachai Solutions Ltd, 434 Whaddon Way, MK3 7LB
ISBN: 978-1-78435-201-1
Conditions of sale
A CIP catalogue record for this book is available from the British
Library
Visit us at: jiahubooks.co.uk

Глава семьдесят шестая

Триродов с очень большим вниманием читал газетные известия о трагических событиях в королевстве Соединенных Островов. Стал даже выписывать пальмские газеты и книги и потому занялся испанским языком.

Многие мысли приходили к Триродову в это время и мечтания. И порою далеко уносили его эти мечты. Ему рисовалась отчетливо близкая возможность мирного приближения к совершенно иному строю общества.

Роль личности в истории казалась Триродову навсегда и прочно определенною.

Толпа только разрушает. Человек творит. Общество сохраняет.

В толпе разнуздан зверь. Свободно творящий человек ненавидит зверя и умерщвляет его. Общество свободных людей есть колыбель нового человека, который уже не захочет быть ни господином, ни рабом, не захочет приносить жертв ни власти, ни собственности. Он не захочет ограничивать своей и чужой свободы, потому что он поймет до конца великую силу людского свободного единения. В этих единениях свобода каждого возрастает с возрастанием свободы другого, потому что упразднены аппетиты к власти, свойственные праздному меньшинству. Уже и теперь идеи солидарности становятся все сильнее в жизни людей.

Социалистический строй представлялся Триродову неизбежною ступенью в развитии культурного общества. Триродов думал, что это будет только переходом к синдикализму, а через него к совершенно свободному строю.

Триродов думал, что опыт покажет неизбежность социалистического строя, опыт же покажет и его временную, переходную природу.

Триродов думал, что следует сделать этот опыт. Он думал, что для этого можно воспользоваться государством Островов. Это государство по своей небольшой величине, по своему изолированному островному положению и по некоторым особенностям своей природы и быта казалось Триродову подходящим предметом для эксперимента.

Теперь, когда престол королевства Соединенных Островов

стал свободен, заманчива была для Триродова мечта посадить на этот престол человека, чуждого династическим расчетам, человека не из расы принцев. Кто же мог быть этим человеком?

Кто хочет, тот может, — думал Триродов. — Стоит только сильно, по-настоящему хотеть.

И решился Триродов сделать попытку взойти на престол Островов, овладеть наследием королевы Ортруды, к перевитому лаврами терновому венку поэта прибавить таящий в себе такие же терния золотой и алмазами блистающий венец короля.

Надобно было сказать об этом Елисавете. Уже Триродов привык все открывать своей Елисавете, ничего от нее не утаивать, с самого начала посвящать ее во все свои намерения.

Их обоих радовала очень эта доверчивая, наивная близость.

Елисавета и Триродов переживали сладкое и жуткое время. Это были дни всеми признанной и потому немножко смешной узаконенной влюбленности, счастливое и ужасное состояние жениха и невесты. С каждым днем влюбленность их возрастала.

Говоря о своей будущей жизни, Триродов и Елисавета строили прекрасные, широкие, планы. Они хотели свои мечты, желания и убеждения воплотить в жизни и сотворить для себя жизнь прекрасную и свободную.

В этом тусклом, тяжелом городе свободная, прекрасная жизнь представлялась невозможною. Было стремление у обоих уйти. Уйти, как можно дальше, туда, где жизнь складывается по-иному.

Все это было как приближение к наивному раю — раю, которого не было у Триродова в детстве.

Детство Триродова прошло почти безрадостно. Ему казалось порою, что он никогда не был ребенком. Или и навсегда остался он ребенком, — застенчивым, простодушным, погруженным в мечтания свои и в свои затеи.

Вечером Триродов пошел к Елисавете.

Он с легким волнением думал о том, что скажет ему Елисавета. Знал почему-то, что скажет ему Елисавета. Знал почему-то, что она станет с ним спорить. И ему стало досадно.

Это была первая в его отношениях к ней досада. Но милая, родная природа так нежно и так сурово успокаивала его.

Поля и леса были тихи. Запахи их были легки и сладостны. Даже изредка слышный горьковатый запах лесной гари был мил.

Солнце склонялось уже низко. Длинны становились тени. Стволы сосен словно облиты были золотою смолою.

Трава была нежно-мокрая, мягкая, радостная, — милые ласки матери-земли сырой доверчиво открытым ногам человека. В долинах, внизу, вдоль речек и ручейков, туман поднимался, нежен, и радостен, и полупрозрачен. Неясные очертания его напоминали ему о минувшем, о невозвратном. Первая жена нежно вспомнилась. Что бы она ему сказала теперь? Сказала бы:

— Делай, что придумал, воплощай свою мечту.

Недалеко от дома Рамеевых, на лесной, по вечернему теплой лужайке Триродов встретил Елисавету. Она шла одна. Ее синие глаза были радостны, ее босые ноги радовались росам влажных трав.

Они говорили. Как всегда, о многом, о разном.

Заговорил наконец Триродов и о смерти королевы Ортруды.

Елисавета грустно и кротко жалела погибшую королеву. А Триродова так увлекали его замыслы, что нежной жалости не было места в его сердце. Он говорил о том, что будет, о возможностях политической и общественной жизни там, среди счастливой природы Островов.

Широкие перспективы рисовал Триродов. Он сказал:

— Король может сделать многое в этой счастливой стране.

Елисавета возразила:

— Да, если выберут настоящего человека.

— Выберут меня, — сказал Триродов.

Елисавета с удивлением посмотрела на него. Спросила:

— Тебя? Почему?

Триродов, улыбаясь ее удивлению, отвечал:

— Только потому, что я этого хочу. Я решился выступить кандидатом на престол этого королевства.

Как ни необыкновенно было то, что говорил Триродов, но Елисавета ни на одну минуту не остановилась на мысли о том, что это невозможно. Почему-то уже привыкла она верить в силы и в волю Триродова, — и если он чего-нибудь захочет, то почему же этому и не сбыться? Но самое намерение это ей не понравилось. Она заспорила.

— Какая странная, неожиданная мысль! — говорила она. — Зачем тебе это?

Триродов сказал:

— Я этого хочу. Разве это не достаточный мотив? И все то, что я думаю о будущем человечества, о его завтрашнем дне, оправдывает мою решимость идти к источникам власти, чтобы сделать попытку хоть сколько-нибудь ускорить неизбежное течение событий. Поступая так, я не самовольничаю, — я сливаю свою волю с волею множеств и с Единою миродержавною Волею.

Елисавета говорила:

— А здесь, в России, разве мало дела? Так все неустроено вокруг нас, и народ дичает быстро в диких условиях злой, безумной жизни.

Триродов возражал:

— Пойми, Елисавета, что там более готова почва, и там полезнее будут люди, как я, наклонные к мечтам и утопиям, страстно пожелавшие мечту претворить в действительность. Все, что в жизни прекрасно, становилось действительным через мечту и через волевое напряжение. Судьба дает мне в руки могучий рычаг, и я должен за него схватиться.

Елисавета сказала:

— У власти там должен стать пролетариат.

— Да, — сказал Триродов, — но теперь у власти могли бы стать только интеллигентные вожаки пролетариата, сочувственники, не вышедшие из рабочей среды, а потому и мало ее понимающие. А я по моим душевным устремлениям, отчасти и по моему происхождению и воспитанию — истинный пролетарий. Так случайно, что у меня деньги есть.

Елисавета спросила:

— Но и ты — чужой для них всех. В лучшем случае ты будешь только бесполезным сочувственником.

Триродов упрямо говорил:

— Судьба влечет меня. Я хочу быть королем. И я буду им. Хотя бы уже для того, чтобы не выбрали Танкреда. Чтобы преодолеть, победить, сделать по-своему, над миром случайностей вознести знак моей воли. Чтобы расширять жизнь, умножать ее.

Елисавета повторила свой вопрос:

— Но тебе-то самому зачем нужна эта корона?

Триродов сказал улыбаясь:

— Кому же и носить венцы, как не поэтам!

Елисавета сказала тихо и так уверенно, как будто это был приговор судьбы:

— Это — невозможно.

Казалось, что Елисавета одарена жестоким предвидением Кассандры, что невозможность его замысла видна ей.

Триродов сказал решительно:

— Я должен царствовать! Тот, кто знает верный путь, должен быть увенчан.

Елисавета говорила:

— Это заблуждение. Меня пугает узость этой мысли.

— Да, — сказал Триродов, — пусть это и заблуждение, и узость мысли. Но и то заблуждение, что я живу здесь, томлюсь в этом пределе, словом, что я — Георгий Триродов. И в этом еще большее, на мой взгляд, заблуждение.

Елисавета спросила:

— Почему?

— Потому, — говорил Триродов, — что прикованность вселенского самосознания к такой ничтожной точке поистине ужасна.

Он говорил долго и страстно.

Наконец Елисавета была полуубеждена. Она сказала нерешительно:

— Конечно, я понимаю, что можно сделать и этот опыт.

И потом, более решительно и смело, она сказала:

— Я буду с тобою везде, куда ты пойдешь, и никогда тебя не оставлю.

Елисавета обняла Триродова и прижалась головою к его, груди. Он целовал ее и ласкал, но ему было грустно. Он видел, что и полусогласие Елисаветы ненадежно, что многие еще будут между ними споры. А споры были для него тягостны.

Равнодушие Елисаветы было горько Триродову. Обезволивало его.

Был узел противоречий в том, что Елисавета — его невеста.

Елисавета сказала:

— Как странно, что ты этого хочешь! Ведь ты же не ищешь славы?

Триродов с удивлением посмотрел на Елисавету. Этот порядок мыслей теперь был для него совершенно чужд. Он переспросил:

— Славы? Зачем же мне слава?

Елисавета покраснела почему-то и сказала нерешительно:

— Слава влечет к себе многих. Должно быть, в ней есть какой-то сильный соблазн.

Триродов говорил досадливо:

— А кто славен? Певица кабацких песен, сладкий тенор, претенциозный романист, человек, сделавший крупный скандал, человек, создавший вокруг себя удачливую рекламу. Чего она стоит, эта слава, вырванная у тупой, злой толпы! С каким злорадством ловят люди вести о каждом неловком шаге того, кто вознесен ими! и как они грызут и травят вознесенного, когда пошатнется его утлый пьедестал! Нет, мне славы не надо.

Тихо сказала Елисавета:

— Есть чистая слава.

Но мечтательная кротость ее синих глаз говорила, что Елисавета думает теперь о чем-то ином.

Триродов видел, что Елисавету больше занимают мысли о их будущей жизни вдвоем, чем об его внезапных планах. Он спросил:

— Ну, что у вас дома?

Елисавета сказала тихо и радостно:

— Я сегодня опять разговаривала с Петром об Елене, и довольно долго. Потом с Еленою мы говорили о нем.

Триродов спросил:

— И что же он?

С улыбкою тихой грусти сказала Елисавета:

— Петр не может простить мне мою невольную измену. Но теперь он очень увлечен Еленою. У него более ясное настроение. И Елена рада очень. Когда я уходила, я хотела позвать ее с собою. Но она разговаривала с Петром. И мне кажется, что этот разговор будет для них обоих значительным.

Триродов сказал:

— Они будут счастливы.

Он улыбался. В его мечтах быстро пробегали картины приличного счастия буржуазной четы.

Елисавета говорила:

— Но здесь ему все-таки тяжело. Он собирается уехать. Летом хочет проехать по Норвегии и по Англии, а зимою поселиться в Петербурге.

Триродов спросил:

— А как же Елена?

Ему казалось, что Елена не может оставаться одна, не прилепившись к кому-нибудь, — только женщина, только чья-то дочь, сестра, жена, мать.

Елисавета ответила:

— Я думаю, что ей тоже хочется с ним уехать.

Помолчав немного, она сказала, словно угадывая, что думает Триродов, — может быть, потому угадывая, что он пристально смотрел на нее:

— Конечно, Елена не может оставаться одна. Ей всегда надо опираться на кого-нибудь.

Триродов и Елисавета дошли до ограды рамеевского сада. Здесь они простились нежным поцелуем, долгим, долгим, и расстались.

Туманные дали немого мира перед Триродовым томились, томя, тая свои несказанные думы.

Триродов шел домой и думал:

«Как о том, чего нет, думает Елисавета о моем замысле. Почему?

Может быть, королева Ортруда — только мой сон?»

На душе Триродова опять стало тяжело и темно. Лицо его стало пасмурно и грустно. Но усилием воли он победил грусть и вернул себя к радости мечты и побеждающей немоту мира воли.

Опять мечты его стали радостными, и яркими, и торжествующими над пространствами и временами.

И точно кто близкий сказал ему:

— Во что бы то ни стало!

Глава семьдесят седьмая

Когда на траве весело-росистой и ласково-прохладной Елисавета и Триродов шли тихо и говорили о наследии королевы Ортруды, — в это время в далекой беседке рамеевского сада под тенью кленов над обрывом реки сидели Елена и Петр. Они глядели влюбленными глазами на ало горящее небо заката, слушали тонкий писк быстро пролетающих над ними в небе птиц и говорили о своем.

Петр и Елена в последние дни очень сошлись. Между ними

обнаружилось большое сходство во взглядах, настроениях, во всей их духовной атмосфере. Им было легко и приятно, когда они оставались вдвоем. Всегда у них находились неистощимые темы для разговора. Даже неловкости не было молчать, глядя друг на друга, улыбаясь чему-то своему, должно быть, очень милому, что поется в душе, словами не сказавшись.

Петр почему-то еще не решался признаться самому себе, что уже он полюбил милую Елену. Странная гордость, неумная досада все еще кипели в нем, и уже ненужная, уже мертвая ревность все еще томила его. Он стыдился понять и признать, что его чувство к Елисавете не было глубоким и роковым и что оно легко уступит место новой легкой влюбленности, которой предстоит та же случайная судьба, — или укрепиться навсегда в узаконенном союзе, или растаять легким дымом, если не будут заказаны золотые кольца с нарезанными именами.

Петру казалось, что из его положения возможен только один исход — уехать подальше, рассеяться, в ярких, шумных переживаниях иной жизни в иных местах потерять память обо всем, что здесь так больно и так сладостно переживалось им.

Легкое качание быстрых морских пароходов, волны каждое утро новых вод, но снова и снова и вечно те же — берега задумчивой, прекрасной Норвегии, ее светлые дожди, ее тихие городки в глубине извилистых фиордов и на ее севере солнце багровое светлой июньской полуночи, — и потом шумные города Англии, ее зеленые поля и веселые перелески, черный дым и гулкий грохот ее фабрик, и тишина ее воскресений, — и многое иное, утешительный калейдоскоп дорожных впечатлений и встреч с теми, кого никогда уже не увидишь, — потом Петербург, осень, работа со свежими силами и с бодрым духом, разнообразные интересы сезона, — все это уже несколько дней предчувственно жило в его душе и манило его радостною надеждою забвения.

Сегодня утром рано Петр пришел в кабинет к Рамееву и рассказал ему, что собирается уехать. Долго, неясно и сбивчиво говорил Петр о своих огорчениях и еще больше о том, куда поедет, что там увидит и как это на него подействует. Говорил так, словно в душе его диковинною четою сошлись и мирно беседовали пылкий отвергнутый любовник и расчетливый буржуа, озабоченный состоянием своего здоровья и тщательно обсуждающий вопросы своего питания и комфорта.

Рамеев выслушал Петра внимательно и спорить с ним не стал. Думал Рамеев, что будет, пожалуй, лучше и для самого Петра, и для других, если он немного проветрится.

Только одно сказал Рамеев Петру, когда уже Петр встал уходить:

— Ну, а Елене ты уж это сам скажи.

Петр сумрачно ответил:

— И скажу.

И сам удивился, зачем придал этому ответу такое выражение, словно хотел сказать, что скажет, не побоится.

Да, вот скажет, не побоится, — однако целый день прошел, и не случилось сказать. И вот вечером они сидят одни и говорят. От реки веет прохлада, очаровательно синеют и дымятся дали, — все тихо.

И видит Петр, что уже теперь надобно рассказать о своих планах Елене, нельзя дольше медлить и скрывать.

Петр думал сначала, что это выйдет очень просто, — подойдет он как-нибудь к Елене и скажет ей:

— На днях я уеду.

Елена удивится, спросит:

— Куда?

Он расскажет. Она поймет, что так надо, что Петр не может оставаться здесь после всего случившегося.

Но каждый раз, как Петр подходил к Елене, он чувствовал странную, тягостную неловкость.

Поймет ли Елена, что так надо? А может быть, опечалится Елена? Или даже заплачет?

Петр представлял себе, как Елена плачет тихонько, стыдливо закрываясь руками и не жалуясь ни на что, — и неловко ему становилось. Жалко было милую Елену.

Оказалось, что совсем не так просто и легко рассказать. Рассказал даже Елисавете сначала, в тайной надежде, что она передаст Елене.

Елисавета спросила:

— А Елене ты еще не говорил?

Пришлось сказать:

— Нет, еще не было случая.

Елисавета улыбнулась. Покачала головою. Сказала тихо:

— Как же, скажи уж и ей. Она тебя очень любит. Ей будет обидно узнать о твоем решении от других.

Петр хмуро спросил:

— Что ж тут для нее обидного?

Елисавета повторила:

— Она тебя любит.

Петр хотел было прямо попросить Елисавету, чтобы она все-таки взяла на себя передать это известие Елене. Но, пока думал, как бы убедительнее это сказать, уже Елисавета ушла. Надо, надо сказать Елене.

Петр подходил к этому с разных сторон. Он начал с намеков и недомолвок.

Сначала Елена не понимала всех этих обиняков. Но наконец стала она догадываться, что Петр хочет сказать ей что-то неприятное.

Елена испугалась. Притихла вдруг. Смотрела на Петра глазами оробелого ребенка. Улыбка поблекла на ее алых губах. В углах ее рта затаилось легкое дрожание.

Теперь почему-то Петру необходимость уехать отсюда уже не казалась такою очевидною. Он перебирал свои доводы, и каждый казался ему сомнительным.

Петру стало досадно. Он подумал, что воля должна преобладать над внушениями робкого и всегда колеблющегося рассудка.

Ведь он же решился! Нельзя же брать свое решение назад только потому, что приходят минуты слабости и сомнений! Только потому, что простодушной девочке, которую он развлекал своею болтовнёю, будет без него несколько дней не так весело. И если даже она поплачет, то ведь это все же не так значительно, чтобы из-за этого отменять свои решения.

Нет, надо быть твердым. Нельзя жалости давать такую власть над своим сердцем и над своею волею. Надо сразу оборвать эту липкую паутину сожалений и сочувствий, чтобы не запутаться в ней окончательно.

Петр собрал все свое мужество. Притворно-веселым голосом принялся он рассказывать Елене о своих планах.

Елена слушала Петра молча. Ее молчание подвешивало тяжелые грузики к каждому его слову. Заговорил-то он оживленно и быстро, а потом все медленнее шла речь. Как-то трудно слово за словом выговаривалось.

Петр замолчал. Смущенно крутил он в пальцах папироску, но

не закуривал ее.

Елена отвернулась и низко наклонила голову. Петр бросил на Елену сбоку быстрый взгляд. Ее уши и щеки ярко рдели.

Петр осторожно принагнулся к ее лицу. Елена плакала. Петр почувствовал, как сердце его дрогнуло.

Петру стало радостно и грустно. Он обнял Елену за плечи и спросил:

— О чем же ты плачешь, милая Елена?

Всхлипывая по-детски, по-детски вытирая слезы ладонями слегка загорелых рук и лицо пряча в тени клена, Елена сказала:

— Противный какой! Зачем же ты едешь? Другого времени не нашел, как теперь.

Петр сказал:

— Так что ж! Отчего же мне и не поехать? Я увижу много нового и интересного.

Елена прошептала:

— А я как же?

Петр растерянно сказал:

— А ты? А что ты?

Тихо сказала Елена:

— Я тебя люблю.

И заплакала еще сильнее.

Еще радостнее стал Петр. На смущенном лице его была радость и смятение быстрых улыбок. Радость ярко пела в его душе, когда он весело говорил:

— Милая Елена, да ведь об этом не плачут.

Елена сказала горестно:

— Нет, плачут. Плачут глупые девочки, которые любят и которых никто не любит.

Петр спросил:

— Кого же это никто не любит? Ведь и я тебя люблю, Елена.

Елена тихонько вскрикнула, засмеялась, зарадовалась, охватила шею Петра быстрыми, горячими руками, голыми, стройными, и целовала его лицо, орошая его забавными слезинками. Она говорила:

— Как же ты один поедешь, противный!

Петр ответил весело:

— Так и поеду. Возьму чемодан и поеду.

Елена спрашивала:

— А тебе будет скучно без меня? Или ты меня позабудешь?

разлюбишь? Будешь веселиться с другими девчонками?

Петр говорил смеясь:

— Не позабуду. Не разлюблю. Буду скучать и плакать.

Елена воскликнула с радостным укором:

— Ну, какой ты! Смеешься! Хочешь от меня отделаться? Так вот же, — и я поеду с тобою. И пожалуйста, не спорь.

Петр весело говорил:

— Хорошо, если тебя дядя отпустит, так в Норвегию и в Англию я тебя возьму, уж так и быть. А осенью сюда привезу.

Елена настаивала:

— Нет, я и в Петербург с тобою поеду.

Петр спросил:

— А что ты будешь делать в Петербурге?

Елена с легким вздохом сказала:

— Учиться. Дело известное, — поступлю на какие-нибудь скучноватые курсы и буду прилежно изучать филологию. Правда, прилежно.

Глава семьдесят восьмая

Ночь была опять с Триродовым, — спокойная, мудрая подруга, покровительница одиноких, неторопливых дум.

Один Триродов сидел у себя за большим письменным столом в своем кабинете. Он долго думал о своем замысле. И наконец решился приступить к его исполнению.

Триродов взял большой лист синей, плотной почтовой бумаги. Уже не было колебаний в уме Триродова. Сердце его билось спокойно, как всегда. Как всегда, стройно и спокойно развертывались его мысли.

Триродов писал первому министру королевства Соединенных Островов о своем желании выступить кандидатом на вакантный престол королевства.

Внимательно и долго обдумывал Триродов мотивы своего выступления. Он писал, не торопясь, всю ночь. Несколько раз переписывал свое письмо. Почему-то приятен был Триродову легкий, стройный звон французских фраз.

Настало утро, легкое, благоуханное, росистое. В открытые окна кабинета повеяло раннею, свежею радостью. Свет электрических свеч побледнел в розовеющем быстро очаровании зари. В саду и в вышине поднялся ликующий птичий щебет и гомон.

Триродов сам пошел в почтовую контору, в город. Шел легко и быстро, обгоняя неторопливые по дороге серые телеги со спящими мужиками и румяно-хмурыми рабами, везущими в город на продажу свой нехитрый товар. Телеги громыхали, подымая облака серой, сорной пыли. Лошади, лениво ступая, косили умные глаза на перегонявшего их человека в светлой одежде. Пахло дегтем и гарью.

В городе, около лавок и на базарах, уже толпились и шумели кухарки и хозяйки, перенося с места на место вороха пыли и груды тусклых слов.

В почтовой конторе, как всегда, пахло противно. Было душно, накурено, наплевано, насорено. Люди стояли все больше грязные, оборванные. У нескольких окошечек стояло по длинному хвосту, и в каждом хвосте шипело много злости и нетерпения.

Наконец и Триродов добрался до окошечка и подал свое письмо.

Чиновник, подслеповатый, вялый молодой человек, долго и внимательно рассматривал конверт. Потом стал перелистывать какую-то трепаную справочную книжонку.

Триродов нетерпеливо спросил:

— Ну что же? В чем дело? Я и так здесь долго стою.

Чиновник нерешительно сказал:

— Не знаю, можно ли принять.

Триродов спросил с удивлением:

— Да почему же может быть нельзя?

Чиновник вялым, тягучим голосом говорил:

— Да не знаю. Как-то не приходилось никогда к таким лицам. Да вы с ним знакомы?

Триродов сказал с досадою:

— Еще бы, закадычные друзья! Да вам-то какое дело?

Чиновник спросил:

— Это у вас деловое письмо? По делу то есть, я спрашиваю?

Триродов сказал:

— А этого вам не надо знать.

Чиновничек долго еще сомневался, вертел конверт, ворчал что-то.

В хвосте роптали.

Сидевшая за окошечком рядом маленькая, полненькая девушка с веселыми, карими глазами улыбнулась, углубляя на своих щеках забавные ямочки, и посоветовала чиновнику:

— Да вы спросите у Никифора Петровича. Он, верно, знает. — Триродов смотрел на нее и думал, что много веселости надо иметь в душе для улыбчивости в этом тусклом, сорном и зловонном месте. Или уж очень привыкла?

Чиновничек жалобным голосом позвал:

— Никифор Петрович, взгляните, пожалуйста, можно ли принять.

Подошел другой чиновник, постарше, внимательно оглядел конверт, посмотрел из-под очков, вскинув их на лоб, на Триродова и авторитетно решил:

— Конечно, можно.

В тот же день Триродов написал и послал еще несколько писем в Пальму.

День кончался, знойный, душный. С раннего утра на горизонте лежали мглисто-лиловые тучи. За далеким синим лесом бегло и странно вспыхивали молчаливые, бледно-голубые зарницы. Мгла синела на дне ярко-зеленых долин. Над черными и желтыми полями тянулись горьковато-сладкие, дымные запахи.

Уже близко к закату было солнце, когда пролились потоки дождя и гроза пронеслась над вершинами триродовского сада. Потом тишина легла на долины, и невозмутимая в небесах настала ясность.

Триродов был один. Он сидел запершись в своем кабинете. Не хотел никого видеть. Только ждал Ее, в том или ином облике приходящую, ту, истинного имени которой он не знал. Да и кто знает Ее таинственное имя?

Триродов любил быть один. Даже томления темного одиночества вкрадчиво прельщали его. Даже истомные, горькие сожаления и печали одиноких часов были ему иногда сладостны несказанно. То были печали, более сладостные, чем шумная радость земная, дневная, обычная.

Теперь, в тишине замкнутого покоя, странное чувство ожидания томило Триродова. В чем была радость обещания, еще не знал он, — но ждал нетерпеливо. Когда гроза пронеслась, и молнии отблистали за высокими окнами, и громы отгремели в вышине над кровлею, и отшумели в саду потоки дождевые, знал Триродов, что теперь скоро придет Она. Знал, что Она любит ясность и тишину после гроз.

Триродов ждал опять, что первая жена его придет к нему.

Ждал, что она что-то ему скажет опять, что-то забытое, милое беспредельно, единственно-истинное, память о чем давно утрачена в легкомыслии беглой, бедной жизни, но без чего и жить нельзя. Он ждал, что придет к нему первая, лунная, уже таинственная ныне. Такою некогда в стране далекой была первому человеку его весенне-милая, его лунно-грустная и все же отвергнутая им Лилит, та, которая была с ним раньше Евы, дневной и знойной.

Разве не вечно повторяется для каждого человека все та же история, раз навсегда созданная некогда его творческою мечтою!

Всегда человеку даются две жены и даются ему вечно две истины. Как эти две истины, неслиянные и нераздельные, вечно враждебные одна другой, и вечно в тайном, неведомом союзе одна с другою, так и две жены человека всегда враждуют одна с другою. Только изредка какой-нибудь одной из них дается понимание их извечной, роковой близости. Первая жена — лунная мечта Лилит, обвеянная тишиною и тайною, подобными тишине и тайне могилы. Это — вечная Сестра, родная и далекая, таинственная Подруга, неведомая Спутница, всегда зовущая его в далекий путь. Вторая ему жена — солнечная, голубая, золотая Ева, Елисавета. Это — вечная Любовница, чужая, но близкая, Госпожа его дома, Мать его детей, всегда влекущая к его успокоению.

Две вечные истины, два познания даны человеку.

Одна истина — понимание лирическое. Оно отрицает и разрушает здешний мир и на великолепных развалинах его строит новый. К радостям этого нового мира вечно влечется слабое сердце человека. Но еще никто из рожденных на земле не прошел до конца по высокому, блистающему мосту над черными безднами, мосту, ведущему к адамантовым воротам этого неведомого мира.

Ты, Единственный, вновь рожденный, не будешь ли ты счастливее всех живших?

Другая истина — познание ироническое. Оно принимает мир до конца. Этим покорным принятием мира оно вскрывает роковые противоречия нашего мира, уравновешивает их на дивных весах сверхчеловеческой справедливости и, так взвешенный, такой легкий, предает мир тому, кто его навсегда разрушит.

Равно изменяет изменившему ей человеку лунная, тихая

Лилит. Уходит рано от человека говорящая миру вечное нет. Уходит она к иным мирам и к Жениху иному, ликующему за пределами, недостижимыми для дерзания человека.

Если ее опять долго и страстно и с великою властью зовут, так неохотно она приходит. И говорит человеку:

— В роковой час отошел ты от меня. Холодным поцелуем со мною простился ты на роковом перекрестке, где так темно, холодно и страшно. В темную ты зарыл могилу мое бедное тело. Забывая изо дня в день, ты забыл меня. Что же ныне ты мой покой тревожишь? Жестокий! Не сам ли ты холодной смерти отдал меня? Зачем же ты зовешь меня ныне? Что могу сказать тебе я, отошедшая от этого мира, где уже нет для меня ни удела, ни радости?

Так говорит она, лунная Лилит. И не хочет прийти.

Но ныне пришла она к Триродову. Всесильные вызвали ее чары, чары его желаний. Не могла она сопротивляться этим чарам его, потому что он знал многие тайны.

Он многими силами владел, расторгающими узы пространств и времен. Знал многое. Если же не знал он того, что наиболее надо знать человеку, то не в этом ли роковом незнании лежит проклятие для всякой человеческой мудрости!

Вместе с отцом своим ждал ее и Кирша. Кирша нетерпеливо, как и Триродов, хотел, чтобы его мама пришла к нему.

Зачем Кирша хотел этого? И сам не знал. Так бедное детское сердце томилось, ужаленное желанием, зараженное жаждою желаний странных и таинственных.

Не хотела она прийти, но пришла и говорила с Триродовым. Говорила с ним долго. Лунные, странные были рассказывала она ему, о неживом и вовеки недоступном слова живые для него слагая.

Жутко и отрадно было Триродову слушать ее. О своей судьбе спрашивал он ее. Спрашивал ее об Елисавете.

Улыбалась она, как давно когда-то, и говорила. Тихие слова утешения и печали говорила она ему. Не поймет этих слов тот, кто их сам не знает, кто сам не слагал их в долгие часы ночных раздумий.

И с Киршею, со своим мальчиком, говорила она.

Жалела его? Не жалела? Радовалась ему? Как знать!

Такая нежная, такая тихая прильнула она к Кирше. Утешала его.

И тихие слезы его струились.

И ушла. И уже как будто и не было ее. И опять все обычным стало вокруг.

После лунной и после мертвой, живая, дневная пришла к Триродову. Пришла к нему Елисавета его, вечером поздно. Глаза ее были влажны и сини. Была роса дольных трав на ее нагих стопах. В руках ее благоухали цветы, раскрывающие свои ароматы ночью. Для него собирала она эти цветы.

Вместе с Триродовым обходила Елисавета его дом. В час ночных раздумий весь дом его обошла с ним она. Словно обозревала она вместе с ним весь круг замкнутой жизни.

Тихо вошли они в большой белый зал. Он был освещен через окно луною. Тускло мерцали высокие зеркала в простенках. Портреты отражались в них, и лица портретов казались внимательными и живыми. Низы широких колонн казались ярко-белыми, а их неосвещенные верхи смутно белели в полусумраке под высоким потолком.

Тучи пронесшейся грозы тяжело упали к синеве горизонта. Пустыня высоких небес была ясна и тиха. Луна светила в эту ночь как-то необычайно ярко, печально и настойчиво.

В печальных, неживых лунных лучах тихие дети вели в этом зале свой тихий, грустный хоровод. Такое легкое было движение их, что беглому взгляду цепь детей являлась неподвижною и неживою. Словно это был только ряд очаровательно-красивых поз, нарисованных кем-то на темном занавесе.

Пройдет краткий миг, — и вдруг исчезнет, растает занавес, и другой возникнет вдруг на его месте. Те же на нем видны фигуры, только несколько в ином повороте. Бесконечным казалось это медленно-томное, жуткое кружение.

Лица тихих детей казались бледными, — может быть, потому, что так луна светила. В лунном свете иногда был матово ясен блеск их глаз. Странен был очерк их едва улыбающихся, едва дышащих губ.

Елисавета долго смотрела, бледнея, на тихий ночной хоровод, — и стало ей наконец страшно. Робко глядя на Триродова, она сказала ему:

— Пусть они перестанут. На них страшно смотреть. Пусть они уйдут спать.

Триродов ласково и грустно улыбнулся и ответил Елисавете:

— Нет, лучше мы отсюда уйдем. Им мешать не следует. У них своя жизнь. Они сами знают свой каждый срок. В их не нарушенной жизнью невинности много вещего ведения, для нас недоступного.

Триродов и Елисавета ушли. Легкий шорох слышен был за ними — шелест белых одежд и ритмичный плеск белых ног. Свивался, и развивался зачарованный хоровод. Казалось, что тихие дети даже и не видели приходивших к ним людей, и не слышали их шагов, гулких в тихом сумраке белой залы.

Елисавета дрожала и быстро шла. Страх ее был подобен могильному холоду, тонкому и неотразимому.

В эту ночь Триродов много говорил с Елисаветою о тех тайных силах, которыми он овладел. В эту же ночь он открыл Елисавете тайну, от тьмы небытия отведшую в тишину инобытия его тихих детей...

Глава семьдесят девятая

Елисавета была у Триродова днем. Они рассматривали альбом с изображениями его первой жены, сделанными самим Триродовым. Первая жена, лунная, нагая Лилит. Улыбается она неизменною навеки улыбкою, бедная, тихая Лилит, всегда отвергнутая и вечно неутешно тоскующая.

Ее тихая, чистая, обнаженная красота снова вливала в душу Триродова волнующее желание вечно юной, живой, обнаженной красоты. Было опять в душе его неодолимое желание увидеть обнаженную дневным лучам, ярких очей Дракона не стыдящуюся, невинно-радостную красоту Елисаветы.

Триродов говорил улыбчиво слушавшей его Елисавете:

— Елисавета, я люблю твое тело. Я хочу опять увидеть его. Я хочу видеть его всегда, как милое тело моей Лилит.

Елисавета молчала. Улыбалась нежно. Сладостные мечтания томительно волновали ее. Вся душа ее занялась тусклым огнем страстного желания.

Триродов сказал ей:

— Елисавета, если хочешь обрадовать меня, пойдем со мною наверх. В той башне для меня работает солнце. Там оно послушно запечатлевает на стекле избранные по воле образы.

Елисавета покорно встала. Она поднималась легко, быстро и уверенно по узкой винтовой лестнице. На темных дубовых ступеньках мелькали из-под короткого платья загорелые Елисаветины ноги. Такие милые были эти легкие стопы, потому что на них слабо темнела легкая пыль земных дорог.

Триродов шел за Елисаветою. Вместе поднялись они на башню. Здесь хранились у Триродова все приспособления для светописи, — дивного ремесла, столь близкого к искусству.

Триродов тихо спросил:

— Милая Елисавета, ты знаешь, чего я хочу от тебя?

Елисавета так же тихо сказала:

— Да, знаю. И я сделаю охотно все, что ты мне скажешь, милый.

Триродов и Елисавета опять были вдвоем.

Душный, багряный тяжко длился и дымился дневной, змеиный час.

Они тосковали, грустили, печалились.

Такая темная предстояла, угрожая, жизнь! Такие тяжелые развертывала она воспоминания! Ужасом обвеивала широкие просторы нашей земли.

Триродов уныло говорил:

— Тесен, несносен для нас этот наш мир. Бедный мир, где люди сами на себя куют оковы. О, Елисавета, знаешь ли ты блаженную землю Ойле?

Елисавета тихо сказала:

— Знаю. Знаю по твоим словам.

Триродов спросил:

— Хочешь ли ты на Ойле?

Восторгом зажглись синие зарницы Елисаветиных очей, и она радостно сказала:

— Да. С тобою всюду.

И опять спросил Триродов:

— Хочешь? В земных пределах — одна секунда, а там проживем целый век и насладимся утехами дивной жизни. Хочешь ли?

Елисавета смотрела на него, радостно улыбаясь, и решительно сказала:

— Да, хочу. И хоть бы умереть для этой земли. Секунда, вечность, — не все ли равно?

Тихо и торжественно сказал Триродов:

— Так, мы решились.

Молчание, — минута земного, темного молчания легла между ними, злая, враждебная, — как некий демон прошел между ними, мрачными взглянув очами.

И земное, скучное сказано слово:

— Когда?

Вздохнула Елисавета и тихо сказала:

— Когда хочешь. Когда ты хочешь.

Триродов спросил:

— Сегодня ты можешь?

Елисавета молча склонила голову. Триродов говорил:

— Если ничто тебе не помешает, то сегодня ночью, у меня. Светила небесные благоприятны в эту ночь нашему замыслу, и гороскоп ойлейской жизни нашей будет светел ныне.

Они расстались, — простились нежно, как навсегда, поцелуем невинным и долгим.

Готовились оба в молчании и тишине к таинственному переселению.

Медленно и томно влеклись дневные и вечерние часы.

И вот уже стемнело, и настала отрадная, милая ночь. Все спали.

Только тихие дети, перед тем, чтобы спать, пришли еще раз покачаться на качелях, полюбоваться на милую луну, светило успокоенной жизни.

Елисавета тихо вышла из дому, одетая мальчиком.

Росистые травы лобзали прохладным, влажным лобзанием ее голые выше колен ноги.

Пришла. Триродов сам открыл ей двери. Спросил:

— Ты готова?

Стоя перед ним на пороге его дома, бросая резкую тень на сыроватый песок дорожки, тихо сказала Елисавета:

— Да.

И опять спросил Триродов.

— Не боишься?

Отвечала:

— Нет.

Наивно и просто звучали ответы, — как милая детская речь. Триродов сказал:

— Иди за мною. Со мною ничего не бойся.

Она покорно шла за ним, улыбаясь, радостная и взволнованная и такая легкая на крутых ступеньках. Высокая, узкая лестница привела их в горницу на вышке, где Елисавета еще ни разу не была.

Это была небольшая площадка высокой башни, все стены и

потолок которой были из стекол в бронзовых рамах. Сквозь эти стекла видно было почти все небо, — и звезды казались яркими, крупными, и казалось, что их бесконечно много.

Посредине стоял круглый стол красного дерева, несколько более высокий, чем привычно видеть, на странно изогнутых ножках. На столе — несколько флаконов разной величины, но все очень причудливой формы, напоминая химер Парижского собора. Все наполнены разноцветными жидкостями. В одном флаконе — ярко-красная жидкость, словно кровь, вся насквозь пронизанная огнем. В другом — голубая, легкая, дымная на поверхности, просвечивающая фосфорическими мерцаниями. В третьем — золотисто-желтая, струящаяся, легкая, как жидкое и веселое пламя. В четвертом — ярко-зеленая, плотная, непрозрачная и вся словно ядовитая и злая. В пятом — мутно-опалового цвета с перламутровыми переливами. И еще несколько других с жидкостями то ярких, то блеклых цветов, более или менее прозрачными.

Флаконы были расставлены широким, неправильным кругом, — а в их кругу стояла чаша, широкая, строгих очертаний, прозрачно-голубого стекла, — широкая, как мир.

Неторопливо вливал в чашу Триродов содержимое флаконов, опорожнивая один за другим. Разноцветные огоньки, синие, красные, зеленые, желтые, голубые, вспыхивали в глубине чаши, лобзали ее широкие края и потухали.

Резкие и странные благоухания подымались от чаши. Смешиваемые жидкости шипели и пенились. У Елисаветы кружилась голова от этих ароматов, и от этого шипения и кипения хаотически-бродящих в мирообъемлющей чаше сил.

Но вот, когда уже из последнего флакона последняя капля упала в чашу, вдруг прояснел и успокоился дивный состав. И стал он так спокоен, бесцветен и прозрачен, что ярко и отчетливо стал виден мелкий чеканный рисунок, которым сплошь была покрыта внутренность чаши. И с жадным любопытством всматривалась Елисавета в подробности удивительного рисунка. Они изображали столь разнообразные картины человеческой жизни в разных странах, что казалось, целой жизни не хватит для того, чтобы все это внимательно рассмотреть.

Радостно взволнованы были оба, и руки их дрожали, когда погрузился в жидкость серебряный, кованый ковш, весь сплошь покрытый таким же удивительным чеканом, и зачерпнул таинственного напитка.

Они стояли один против другого и, чередуясь, пили из одного ковша.

Елисавета сказала:

— Может быть, там живут существа, которые нас не поймут, и мы не поймем их.

Стало опять грустно. Но только на краткий миг. И опять загорелась вещая радость.

И уже до дна был выпит напиток, зачерпнутый ковшом из чаши. Земная жизнь тускнела в их памяти.

На мягком ложе у стеклянной стены лежали они рядом, и возрастание восторга было им, как стремительный полет в беспредельные дали.

Они проснулись вместе на земле Ойле, под ясным Маиром. Они были невинны, как дети, и говорили наречием новым и милым, как язык первозданного рая.

Сладкий, голубой свет изливал на них дивный Маир, благое солнце радостной земли. Были свежи и сладки вновь все впечатления бытия, и невинные стихии обнимали невинность тел. В могучих ощущениях радостной жизни на миг забылось все земное.

Все в этом мире было созвучно и стройно. Люди были, как боги, и не знали кумиров.

Жизнь была светла и полна.

И не возвращаться бы на эту землю! Такая прекрасная была земля Ойле, и такой радостный над нею свет изливался от Маира и от семи тихих лун.

Полноту блаженства познали прекрасные существа, населявшие землю Ойле, очаровательную землю с безмерно широкими горизонтами под безмерно высоким небом. Прожили с ними свой век, не долгий и не короткий, насытивший волю к жизни, Елисавета и Триродов. И только там почувствовали они, как прекрасен человек. Там, на милых берегах светлого, голубого Лигоя.

Вся их юность была сладкою тоскою желаний. Мечты вырастали — благоуханные цветы. Благостная царила над ними богиня Лирика, покровительница совершеннейшего из искусств, — искусства не воплощенной во внешних образах мечты, — и совершеннейшей жизни — жизни без власти и без норм.

Но познание раскрывало им тайну мира, — в мистическом

опыте явлена была им необходимость чуда, и в науке — невозможность его.

Пришла великая царица Ирония, вторая из богинь дивного мира, и сняла с него покровы, один за другим.

Обнажилась великая печаль, неизбежная противоречивость всякого мира, роковое тождество совершенных противоположностей. И тогда предстала им третья, и последняя, и сильнейшая из богинь дивного мира, утешающая последним, неложным утешением, Смерть.

Тогда возникло в них обоих торопливое желание возвратиться на темную землю. Странные для них, забывших свою земную родину, рождались в них мысли и желания об иных мирах, казавшихся забытыми, — о мирах, где разрешена и оправдана роковая противоречивость мира.

Может быть, и все обитатели светлой земли Ойле были, подобно Елисавете и Триродову, только гости с темных планет, на краткий миг освобожденные из ужасных оков смерти и времени.

Торопил кто-то возвратом. И вот они вернулись на землю. Было темно и страшно. Удивленные, они узнали обстановку, — и опять проснулась, сильнее прежнего, ненависть, жгучая, злая ненависть к здешнему.

Прожили век на Ойле, — а на земле прошла одна секунда.

И опять будет длиться эта земная, злая жизнь! О, не надо, не надо этой жизни, этой земли! Уничтожить ее? Умереть? Уйти с нее?

Или отчаянным усилием воли преобразить эту земную, темную жизнь?

Преобразить?

В городе становилось все тяжелее и мрачнее. Говорили в интеллигентских кружках, что готовится погром. Были буйные столкновения на улицах. Около усадьбы Триродова иногда появлялись казачьи разъезды. И в то же время умножились грабежи и убийства.

Прежняя кошмарно-тяжелая жизнь грозилась всюду окрест своими уродливыми страхами. В душе была усталость — великое утомление раньше подвига — и как же с такою усталостью в душе мечтать о чуде преображения!

Глава восьмидесятая

Зелен и простодушен был поутру широкий сад. Весело осенял он дом Триродова, где таились мудрость его, и ведение, и печаль. Еще травы на лугах и под кустами были росисты. Слышны были птичьи голоса и детский смех.

Хрупкий песок извилистых дорожек радостно принимал следы легких Елисаветиных ног. Солнечно-желт был цвет ее легкого, красивого платья. Как утренняя прохлада, легки были ее улыбки.

Елисавета и Триродов, разговаривая тихо, шли неспешно в саду. Они приблизились к оранжерее.

Елисавета посмотрела на Триродова. Смущение отразилось на ее вдруг зардевшемся лице. И смущенное, оно столь же было прекрасно.

Триродов наклонился к Елисавете, тронутый очаровательностью ее милого смущения. Он ласково спросил:

— Елисавета, ты хочешь что-то сказать мне?

Елисавета улыбнулась. С выражением застенчивой неловкости, перебирая длинные ленты желтовато-белого пояса, она сказала:

— Мне никогда не случалось осмотреть подробно эту оранжерею. А мне кажется почему-то, что там очень много интересного. Может быть, ты покажешь ее мне сегодня.

Триродов сказал:

— Если хочешь, войдем. И мне странно думать, что я тебе до сих пор не показал всего в моей оранжерее. Да, в ней ты увидишь немало занимательного.

Они вошли в оранжерею через ее широко раскрывшиеся перед ними тяжелые двери. Эти двери были сделаны из вставленных в стальные рамы толстых стекол. На Елисавету пахнуло оранжерейным влажным теплом и теплыми ароматами замкнутого в себе, цветущего мира.

В оранжерее было влажно и тепло. В ней работали дети — мальчики и девочки — и несколько учительниц. Загорелые тела их весело и ярко выделялись в голубоватом воздухе оранжереи на свежей, темной зелени буйных трав, раскидистых кустов и широколистых деревьев. Это было, как замкнутый прекрасный сад, далекий от нечистого людского взора и освещенный каким-то особенно приятным и мягким светом.

Надежда Вещезерова подошла к Елисавете. Она говорила с Елисаветою о чем-то. Было видно, что Надежда не думает о своей наготе, забывает о ней. Невинны и простодушны были ее улыбки и непорочен взор ясных глаз.

Лицемерно-шумная Ирина тоже подошла, и говорила, и смеялась. Притворялась, что и она не думает о том, что тело ее обнажено. В глазах ее бегали робкие, нечистые огоньки. Щеки ее вспыхивали. Руки делали неловкие, ненужные движения. Но скоро спокойный взор Триродова погасил ее смущение. И она, как Надежда, стала вновь невинною и радостною, подобная цветку, возникшему цвести и радоваться.

Странные приспособления оранжереи опять, как и прежде, когда только мельком видела их Елисавета, удивляли ее. Она не уставала спрашивать. Триродов подробно отвечал на ее вопросы.

Оранжерея имела громадные размеры. Гордый дворец владетельного князя легко мог бы поместиться под ее высоким стеклянным куполом. Этот мощный купол издали, из-за реки, казался синеющим на просторе неба вторым, малым небом.

Поверхность сада к оранжерее понижалась. Оранжерея стояла в лощине. Поэтому из-за высоких каменных стен триродовской усадьбы ее громадный купол с полей и с дорог был почти совсем невиден.

Наружный вид оранжереи представлял собою точное подобие громадного полушара, опрокинутого на землю площадью большого сечения, или, может быть, громадного шара, наполовину вдавленного в землю. Эта точность очертаний придавала всему зданию впечатление гигантской постройки, исполненной с великим напряжением сил.

Остов оранжереи состоял из массивных стальных, слегка изогнутых брусьев. Одни из этих брусьев поднимались от земли и сходились в вершине купола. Они были похожи на меридианы громадного глобуса. Другие брусья, спаянные с первыми в местах пересечения, обвивали оранжерею кругами, лежащими параллельно земле, подобно кругам, параллельным экватору. Поперечники этих кругов постепенно суживались кверху.

На первый взгляд казалось странным, что под оранжереею не видно было фундамента. Присмотревшись, можно было заметить, что брусья стен оранжереи продолжались в земле. Впечатление вдавленного в землю шара было не обманчиво. Оранжерея и в самом: деле была устроена в огромном шаре. Нижняя половина этого шара, зарытая в землю, была точно такой же величины и формы, как и верхняя.

В эти стальные рамы, из которых сплетались стены оранжереи, были вставлены толстые, изогнутые наружу, зеленовато-голубые стекла. Они были очень малопрозрачны. Стоящему около оранжереи почти совсем не видно было того, что там делается. Только если долго и внимательно всматриваться, маячили перед глазами какие-то неясные очертания. Изнутри же хорошо было видно все наружное. Солнечный свет, проникая сквозь эти стекла, смягчался и, нисколько не теряя своей силы, становился очень приятным и легким для глаз.

Эти стекла были очень тверды. Удары самых разрушительных артиллерийских снарядов не причинили бы им никакого вреда. Даже стальные брусья в стенах оранжереи для прочности были залиты этим же стеклом. Состав стекла изобрел сам Триродов. Секрет его никому еще не был известен.

Почва оранжереи казалась продолжением почвы сада. Но это была насыпная земля. Вся поверхность внутри оранжереи состояла из однообразных бугров. Они были похожи на отрезки шаровой поверхности. Казалась странною их однообразная правильность. Но объяснялась эта правильность строением оранжереи.

Площадь оранжереи представляла сумму платформ, построенных из стали. Каждая платформа имела вид точного шарового отрезка. Все вместе они могли бы составить полную поверхность шара.

Все эти холмы соединялись между собою заложенными в земле могучими шарнирами. Покоились шарниры на системе стальных сложенных дуг. Эти дуги в развернутом виде напоминали бы систему меридианов и параллельных кругов на глобусе. Осью для них служил длинный массивный стальной брус, поднимающийся из середины оранжереи к той точке в куполе, куда сходились восходящие брусья стен оранжереи.

Если бы привести в действие шарниры, и связанную с ними систему стальных дуг, то вся площадь оранжереи была бы превращена в шаровую поверхность, утвержденную на вертикальной оси. Этот шар повис бы на своей мощной оси, как малая планета, внутри своей хрустальной, сталью скованной сферы.

Сходясь один с другим, холмы оранжереи своими основаниями образовывали правильные шестиугольники. По этим шестиугольникам шли ровные песочные дорожки. Этими дорожками всю оранжерею можно было обойти, не поднимаясь на холмы. На вершинах холмов в разных местах оранжереи было устроено несколько бассейнов различных очертаний. Глубоко вделанные в землю, обсаженные деревьями и кустами из теплых стран, они похожи были на пруды и озера.

Снаружи оранжереи вилась по земле, как гигантская змея, длинная, толстая цепь. Ее гладкие стальные звенья были залиты тем же стеклом, какое было и в стенах оранжереи. Громадный гранитный шар прикован был на конце этой цепи. Он лежал на дворе против окон из кабинета Триродова. Назначение этого шара было — увеличить диаметр всей системы и по возможности уменьшить скорость ее вращения вокруг общего центра тяжести.

Когда Триродов объяснил Елисавете устройство оранжереи, Елисавета сказала:

— Если я правильно поняла, можно из этой оранжереи сделать малое подобие земли. Только та будет разница, что атмосфера здесь замкнется твердым хрустальным небом и это небо повиснет на стальных переплетах.

Триродов сказал:

— Да, это верно. Двери можно затворить совсем плотно. Тогда воздух внутри оранжереи не будет выходить наружу.

Стеклянная тумба была врыта в землю под высокою, стройною пальмою. Триродов подошел к этой тумбе и сказал:

— А вот в этом стеклянном цилиндре заключен стальной рычаг. Он соединен с могучею машиною внутри оранжереи. Машина всегда заряжена и готова к действию. При помощи этого рычага можно пустить машину в ход. Тогда она приведет в движение шарниры всех платформ. Платформы передвинутся, и площадь моей оранжереи обратится в шаровую поверхность.

Елисавета спросила:

— И мы тогда упадем на ее стеклянное дно?

Триродов сказал:

— Да, упадем, если, конечно, не догадаемся стать на такое место оранжереи, которое придется наверху. Чтобы никто не мог повернуть этого рычага, он прикрыт цилиндрическим футляром. Футляр сделан из такого же стекла, как в этих стенах. Ключ от футляра хранится у меня, а сломать это стекло никто на земле пока не сумеет, кроме меня.

Елисавета продолжала спрашивать, как прилежная ученица:

— Все эти сложные приспособления, конечно, очень дороги. А воспользоваться ими в наших земных условиях нельзя. К чему же они? Ведь первая же попытка обратить оранжерею в шар погубит все ее растения и обратит все это в бесформенную кучу земли на стеклянном дне.

Говоря так, Елисавета уже почти догадывалась, какой будет ответ. Смелость этого дерзкого замысла уже радовала ее несказанно.

Триродов говорил:

— Машина будет пущена в ход только тогда, когда вся эта оранжерея отделится от земли и удалится на известное расстояние. Тогда все предметы в оранжерее перестанут тяготеть к земле. Они потеряют весь свой земной вес. Тогда и наступит время обратить оранжерею в шар. Если затем придать этому шару вращательное движение такой скорости, которую можно наперед вычислить, то мы получим маленькую планету. Мы можем жить на ней, или по воле нашей вернуться к земле, или перенестись на Луну.

Елисавета сказала:

— Но ведь на Луне совсем нет воздуха. Потому жизнь там невозможна.

Триродов отвечал:

— Если мы попадем на Луну, мы попытаемся там сделать воздух и удержать его.

Елисавета спросила:

— Как же можно удержать воздух на Луне? Он рассеется.

Триродов говорил:

— Я думаю, что возможно изменить время обращения Луны вокруг оси. Таким способом можно снова оживить эту мертвую планету. Для людей недурно будет получить эту очень далекую колонию, более далекую, чем Новая Зеландия, и на этой новой земле построить новый мир. А пока разве не приятна возможность уйти от этого мира, где поэты проповедуют ненависть к людям иной расы, где груды накопленных богатств гниют, в то время как люди умирают от голода?

— Значит, ты собираешься, — начала Елисавета.

Триродов сказал:

— Да, в случае надобности я хочу переселиться на Луну. Если одна мечта обманет, я устремлюсь к другой. Мне мало одной жизни, — я хочу творить для себя многие иные. Пусть люди, если хотят, идут со мною. Если они меня оставят, я могу обойтись и без них.

Елисавета тихо сказала:

— Я тебя не оставлю.

Так же тихо ответил ей Триродов:

— Я это знаю.

И почувствовали они оба, что эти слова их — обет неразрывной верности, клятва священная пространствам и временам. Торжественное настроение осенило их обоих. Им казалось, что сердца их бьются, созвучные пламенному сердцу миров.

Мимо них проходили невинные, прекрасные девы. И сказала им радостная Елисавета:

— Сестры мои, я счастлива.

Они смотрели на нее, улыбались ее радостной улыбке и ее нестыдливо-обнаженному телу и проходили мимо.

И отгорела минута восторга. И опять заботы подошли, и томили темные сомнения.

Глава восемьдесят первая

Елисавета спросила:

— Как же победить притяжение земли? И тела, и сердца наши притягивает жестокая, но все ж таки милая нам земля. И если победим, то как спастись от междупланетного холода и от влияния злых солнечных лучей, от которых здесь спасает нас воздух земного шара?

Триродов сказал:

— То, что я знаю о механизме тяготения, поможет мне, я думаю, победить притяжение земли. От междупланетного холода и от солнечных злых лучей придется защищаться вот этими стеклянными стенами. Они и построены с расчетом на это.

Елисавета сказала:

— Может быть, потому-то в этой оранжерее такой приятный, мягкий свет. Солнце кажется здесь, таким же ярким, как и снаружи, но вовсе не злым, — доброе светило невинного мира, где радость и нет стыда.

Триродов пожал ее руку и сказал:

— Да, ты угадала верно. Конечно, солнечный свет будет более знойным, когда мы оставим атмосферу земли, но не более знойным, чем на поверхности земли. Чтобы победить притяжение земли, мне представляются два пути. Я еще не решил окончательно, который из них выбрать. Первый путь — разложить молекулярные силы на поверхности стеклянных стен. Второй — воспользоваться психическими силами отживших. Эти силы не уничтожаются смертью. Они непрерывно одухотворяют природу, превращая материю в энергию. Природа, вначале грубая и безжизненная, из века в век становится все более одухотворенною и тонкою. Я расскажу тебе кое-что о первом пути. Всю математическую сторону моих соображений я пока оставлю в стороне. Потом, если ты захочешь, я покажу тебе мои выкладки и помогу тебе разобраться в них. Да они и не особенно сложны. Не сложны и соображения, от которых я иду.

Елисавета любила математику и знала в ней немало. Но теперь она ничего не сказала об этом и только промолвила скромно:

— Я постараюсь понять.

Триродов продолжал:

— С чего бы нам начать? Да вот хоть с морских приливов и отливов.

Елисавета сказала:

— Они зависят от притяжения Луны.

Триродов говорил:

— Разберем это. Многое объясняется словом притяжение. Как и людей будто бы влечет друг к другу, так и тела будто бы тянутся одно к другому. Но что же такое это притяжение? Действие на расстоянии, не правда ли?

Елисавета отвечала:

— Да, конечно, действие на расстоянии. Так и в мире духовном людей влечет одного к другому через бездны разделяющей их самозамкнутости.

Триродов продолжал:

— Пример, известный каждому школьнику: яблоко, оторвавшееся от своей ветки, падает на землю. Почему?

Послушно, как ученица, отвечала Елисавета:

— Потому, что земля его притягивает.

Триродов говорил:

— Падение яблока, и в самом деле, происходит так, как будто бы земля его притягивает. Притягивает — и притянет. Яблоко достигнет земли. Здесь, в земле, находится будто бы причина его движения. Здесь яблоко может успокоиться. Его действие идёт к цели — достигнуть земли. Оно, видимо, целесообразно. Таким образом, кажется, что причина действия помещена в конце пути, проходимого телом. Кажется, что прежде должно совершиться действие, — движение, — и уже только потом наступит причина, — энергия земли притягивающей поглотит энергию стремящегося куда-то яблока. Не правда ли, тут есть какая-то странность?

Елисавета сказала:

— Да, я смутно чувствую здесь, какое-то противоречие в понятиях.

Триродов продолжал:

— Надо поискать, нет ли у нас другого, более приемлемого объяснения. Действие на расстоянии невозможно, — оно немыслимо и невероятно.

Елисавета спросила:

— Почему невероятно? Ведь оно же существует.

— Да, — сказал Триродов, — существуют явления, которые мы объясняем действием силы тяготения.

Елисавета сказала:

— Магнит же притягивает на расстоянии. Значит, действие на расстоянии возможно.

Триродов возразил:

— Тела притягиваются к магниту не потому, что в магните и в намагниченном теле есть новая сила, сила притягивает. Вернее, что намагниченное тело теряет часть своих свойств и между ними — свойство отталкивать эти тела.

— Как бы умирает, — сказала Елисавета.

Триродов говорил:

— Да, некоторые тела льнут к магниту, как мухи к трупу животного в лесу. Живые тела отгоняют от себя все, что им мешает двигаться. Если мы представим два отдельные, ничем взаимно не связанные тела, то их взаимодействие мы можем представить только в форме толчка. Тела не могут притягиваться одно к другому. Для этого у отдельных тел нет органов. Тела могут только приталкиваться друг к другу какою-нибудь постороннею силою.

Елисавета возразила:

— Но ведь тела не отдельны. Они связаны средою, в которую погружен весь мир.

— Да, — говорил Триродов, — вселенная наполнена совершенно. Атомы материи представляют собою многосложные системы энергий. Распадаясь, атомы освобождают скованные внутри них энергии и расточают их на громадные пространства. Каждый атом, если бы он рассеялся совершенно, освободил бы чрезвычайно большое количество энергии. Вся вселенная состоит из этой совокупности стремящихся во все стороны бесчисленных энергий, из того, что прежде называли эфиром. Весь живой и свободный эфир не имеет никакого ощутимого для нас веса. Но в то же время он тверже и несокрушимее диаманта. В тех местах, где столкнулись большие количества энергий, образовались материальные атомы. Представим, что некогда существовал только один материальный атом в беспредельности эфира. Такой атом подвергался бы действию со всех сторон устремленных энергий. Поэтому он был бы в постоянном равновесии.

Елисавета сказала:

— Состояние его было бы блаженством невозмутимого покоя.

— Да, — сказал Триродов, — он был бы центром мира, средоточием всех мировых энергий. Если бы он был при этом же существом разумным и свободным, то он был бы разумным и свободным абсолютно. Он мог бы расточить свою энергию на созидание своего мира по своей воле. Мы же, люди, застали мир в его теперешнем состоянии. Мир ныне организован в пассивные массы материи, состоящей из атомов, и в активные токи энергий, творимых медленным, незаметным для нас умиранием атомов. И потому мир состоит из множества стремящихся во все стороны тел разного размера и из бесчисленного множества со всех сторон повсюду стремящихся энергий. Каждое тело испытывает со всех сторон направленные на него толчки. Движение каждого тела направлено всегда по равнодействующей их сил. Где скопляются более или менее значительные массы материи, там-то и происходит это замечательное явление, напрасно истолкованное в том смысле, что тела притягиваются одно к другому. Сквозь тела токи мировой энергии передаются сравнительно слабо, тем слабее, чем масса и объем тела значительнее. Поэтому относительно мировой энергии каждое тело действует как заслон. Если меньшее тело помещено близ большего, то большее тело заслоняет его от толчков с той стороны, которою меньшее тело обращено к большему. Остальные толчки, конечно, суммируют свое действие так, что меньшее тело приталкивается ими к большему.

Елисавета сказала:

— Следовательно, тяготение на земле неустранимо. В нем суммируется влияние всей вселенной. Кто же может овладеть силою, равною тяготению всего мира?

Триродов отвечал:

— Чтобы устранить тяготение к земле для какого-нибудь предмета, необходимо создать для него заслон от вселенной. Такой заслон я нашел в одном изобретенном мною сплаве. Пластинки из этого сплава заключены в металлические коробки и помещены на вершине моей оранжереи. Впрочем, их можно передвинуть, куда понадобится. Стоит теперь только открыть крышку одной из этих коробок, чтобы защищенная пластинкою часть поверхности оранжереи перестала ощущать мировое тяготение. Тогда вся оранжерея оттолкнется от земли и будет двигаться по направлению к центру пластинки. В движении по междупланетному пространству мой корабль будет слушаться движений этой малой пластинки, как слушается руля земной корабль. Теперь ближайшая задача моя в том, чтобы создать из этой оранжереи шар, подобный земному шару, и так же, как земля, способный быть жилищем человека.

Елисавета спросила:

— А воздух для этой малой земли?

Триродов сказал улыбаясь:

— Будет и воздух.

Елисавета спросила:

— А двигательная сила где найдется, чтобы дать шару вращательное движение?

Триродов сказал:

— Это мы сделаем при помощи веществ, подобных радию, которые я изготовляю из энергий живых и полуживых тел.

Глава восемьдесят вторая

Виктор Лорена жил в доме министерства внутренних дел. Это было одно из самых больших зданий в Пальме. Из его окон открывался красивый вид и на морской берег, и на старый королевский замок.

Однажды утром в громадном, очень светлом служебном кабинете первого министра, перед столом в углу за окном, поодаль от стола, где сядет сам министр, сидел его личный секретарь. Это был делающий блестящую карьеру молодой человек, томный и презрительный, с четырьмя проборами на голове. Под его глазами темнели два фиолетовые пятна, и казалось, что у его сросшихся бровей сидит бабочка, распластав темно-фиолетовые крылья.

Господин Лоренцо де-ла-Рика-и-Кандамо просматривал для доклада Виктору Лорена его официальную корреспонденцию. Одно письмо вызвало неудержимый хохот молодого человека. Это было письмо Георгия Триродова.

Когда вошел Виктор Лорена, господин де-ла-Рика-и-Кандамо мгновенно сделался серьезен, как истинный государственный человек. С томною почтительностью он докладывал Виктору Лорена содержание полученных писем. Некоторые читал целиком. В конце доклада молодой секретарь засмеялся и подал Виктору Лорена письмо Георгия Триродова. Сказал:

— Это письмо, ваше превосходительство, я позволил себе оставить под конец, для развлечения. Дерзко, но забавно очень.

Виктор Лорена быстро и нервно прочитал письмо Триродова. Однако оно не позабавило первого министра. Он досадливо бросил письмо на стол и с возмущением сказал:

— Что за наглость! Что-то совершенно неслыханное и невероятное!

Виктор Лорена встал со своего кресла. Вся фигура его выражала крайнюю степень раздражения. Он быстро, грузными шагами заходил по кабинету, словно забывши о своем молодом секретаре. Привычка ходить взад и вперед, когда что-нибудь раздражало мысль, была у Виктора Лорена, как у многих других, больших и маленьких людей.

Это неожиданное письмо почему-то дало толчок длинному ряду соображений в голове Виктора Лорена. Он бормотал что-то себе под нос и жестикулировал. Вдруг он засмеялся и стал насвистывать веселый мотив из модной оперетки. Он сказал тихо:

— Не плохо придумано. Ей-Богу, не плохо.

И уже какие-то замысловатые комбинации начали складываться в его уме. Он бормотал:

— Кто знает! Кто знает! Все может пригодиться в свое время. Как я раньше не догадался! Если бы его не было, его бы следовало придумать.

Внезапно остановившись перед молодым человеком, Виктор Лорена спросил:

— А кто он, этот странный господин, претендующий на корону наших Островов?

Секретарь сказал:

— Не знаю, ваше превосходительство. Он в этом письме называет себя писателем — беллетристом и поэтом. Но, насколько мои слабые познания позволяют судить о литературе, его имя в Европе не известно. Прикажете справиться? — спросил молодой человек уже деловитым тоном.

Уже ему стало неловко за свое легкомысленное отношение к письму, которым заинтересовался первый министр. Четырехпроборный молодой человек хотел всегда стоять на высоте государственного понимания дела. Теперь он сообразил, что ему следовало справиться частным образом в русской миссии прежде, чем докладывать письмо. Там, конечно, знают, что это за господин и кто за ним стоит. Молодой человек с четырьмя проборами думал:

«Не может того быть, чтобы за этим неожиданным человеком никто не стоял».

Виктор Лорена спокойно сказал:

— Да, справьтесь. И пожалуйста, поскорее и пообстоятельнее. Но, конечно, вы сами понимаете, что справиться следует не от моего имени.

С этими словами Виктор Лорена отпустил молодого человека. Когда Виктор Лорена остался один, он еще долго не мог отделаться от мыслей об этом внезапном письме.

Улыбался и думал:

«Кто автор этого странного письма? Сумасшедший или гений? Шарлатан и авантюрист или восторженный мечтатель? Может быть, юный, вдохновенный, голодный поэт с длинными волосами, с горящими взорами, сочиняющий на своей мансарде прекрасные поэмы, которых никто не читает, и грандиозные социальные системы, о которых никто не хочет слышать? Отчего бы и не напечатать этого письма! В сущности, для нас это совершенно безвредно. Какие же у него могут быть шансы? Кто за ним может стоять? Никому не ведомый человек. Может быть, даже не вполне нормальный. Конечно, следует узнать о нем все подробности. И пожалуй, из его странной выходки удастся сделать недурное орудие против принца Танкреда. На всякий случай. Чтобы не очень заносился этот чужеземец. Чтобы не воображал, что он незаменим. Можно будет с ним поторговаться».

Послышался стук в дверь, легкий, знакомый. Виктор Лорена оживился. Сказал весело:

— Войдите!

Уже он знал, что это его жена. Он любил делиться с нею своими новыми планами. Ценил ее практически-ясный ум и редкую в женщине способность хранить тайны. И теперь радовался возможности поговорить с нею о таких соображениях, которые нельзя было доверить никому другому. Ему стало еще веселее, когда в строгий, деловой кабинет вошла элегантно одетая, моложавая, красивая дама. Виктор Лорена с удовольствием поцеловал ее тонкую матово-бледную руку. Сразу же рассказал о письме Триродова.

Госпожа Лорена была тонкая и хитрая интриганка. Она была очень осведомлена в министерских делах и очень их понимала. Теперь она быстро оценила положение. Она слушала молча и понятливо. Улыбалась, и улыбка ее показывала, что она вполне одобряет все, что муж ей говорит.

Виктор Лорена любил иногда «пофилософствовать». Он говорил:

— Как часто бывает, что в наши замыслы внезапно вторгается нечто совершенно чуждое и непредвиденное! В чем же состоит долг реального политика? В том, очевидно, чтобы всегда иметь в виду возможность появления этого неожиданного фактора и всегда быть в состоянии сделать из него шанс для себя. Умный человек не только пользуется обстоятельствами, — он их создает.

Госпожа Лорена с улыбкою влюбленного восхищения сказала:

— Золотая голова!

Благодаря за комплимент, Виктор Лорена опять поцеловал ее руку и говорил:

— Так и мы создадим шанс для себя из выступления этого самоуверенного, таинственного незнакомца. В сущности, мы переживаем переходное время в более широком смысле, чем думают. Тот ли, другой ли король будет, — он провалится на первых же порах. Его царствование будет, в сущности, только междуцарствием, только временем перехода.

Госпожа Лорена спросила:

— Перехода к республике?

Об этом уже не первый раз говорил Виктор Лорена со своею женою. Мысли о возможности учреждения республики уже давно занимали их обоих.

Виктор Лорена говорил:

— Понятно, к буржуазной республике. Роль буржуазии в истории далеко еще не доиграна до конца. Мы сумеем учредить республику и упрочить ее.

Тщеславная женщина вся засветилась гордостью и надеждою. Она с восторгом сказала:

— И ты, мой Виктор, — первый президент республики!

Виктор Лорена самодовольно улыбнулся. С выражением осторожной скромности он сказал:

— Ну, об этом еще рано думать.

Госпожа Лорена, радостно улыбаясь, возразила:

— Но уже пора мечтать.

Улыбаясь сдержанно, Виктор Лорена сказал:

— Ну, мечтать, пожалуй, можно. Друзья у нас есть, и друзья верные, потому что это — дружба по расчету. Только не надо болтать. Но ты у меня не проболтаешься, я знаю. В тебе я уверен.

Госпожа Лорена поцеловала мужа в лоб и тихо вышла из кабинета, гордая и приветливо улыбающаяся чиновникам. Честолюбивые мечты кипели в ее душе.

В зале у одного из громадных окон госпожа Лорена остановилась, мечтая. Из-за тяжелой занавеси, отдернутой к простенку, она смотрела на черневшие невдали мрачные стены королевского замка. Уже она воображала торжественные приемы в залах этого надменного чертога, где водворится она, парадные обеды и блестящие балы. Сдержанная улыбка застыла на губах госпожи Лорена. Ей казалось, что она чувствует в своей груди душу леди Макбет.

Виктор Лорена с несколько преувеличенною живостью нажал белую пуговицу, притаившуюся в зеленой пасти бронзового дракона. Вошедшему на звонок лакею он велел пригласить секретаря. Четырехпроборный молодой человек еще не успел уйти в свою квартиру, помещавшуюся в том же доме, и потому явился немедленно. Он не был удивлен тем, что его опять призвали. Он уже привык к беспокойному нраву слишком деятельного министра.

Но господин Лоренцо де-ла-Рика-и-Кандамо очень удивился, когда первый министр заговорил с ним опять о странном письме. Виктор Лорена сказал, протягивая письмо секретарю:

— Возьмите это письмо и отдайте напечатать его в Правительственном Указателе. Позаботьтесь, чтобы оно пошло завтра же.

Четырехпроборный молодой человек попытался было возражать. Он сказал почтительно:

— Это странное письмо? Смею спросить ваше превосходительство, зачем предавать его огласке?

Первый министр тонко улыбнулся и благосклонно отвечал:

— Затем, чтобы нас не обвинили в сокрытии от народа того, что обращено к нему. Могло случиться, что господин Триродов писал о том же и еще кому-нибудь в Пальме. Нехорошо будет, если его обращение появится сначала в оппозиционных газетах. Будем же действовать честно и открыто. Теперь самому народу принадлежит решение его судьбы. Наша обязанность — ничего от него не утаивать.

Виктор Лорена посмотрел прямо в глаза четырехпроборному молодому человеку. Господин де-ла-Рика-и-Кандамо улыбнулся понятливо. Но он все же не понимал, зачем это понадобилось первому министру.

На другой же день в Пальмском Правительственном Указателе появилось письмо Триродова. Не было прибавлено никаких пояснений. Газеты перепечатали это письмо.

Первые дни неожиданное выступление Триродова почти не обращало на себя ничьего внимания. Газеты Островов ограничились тем, что перепечатали письмо Георгия Триродова и прибавили к нему от себя несколько равнодушных, коротких примечаний. Жители Островов прочли, как все другое, и это письмо, и эти примечания. Почти не думали и не говорили об этом, занятые совсем другими соображениями. И казалось поначалу, что это письмо пройдет так же бесследно, как и всякий другой случайный курьез.

В бюро социал-демократической партии кто-то спросил:

— Кто этот Георгий Триродов?

Филиппо Меччио в недоумении пожал плечами, улыбнулся и сказал:

— Понятия о нем не имею. Надо, однако, справиться, на всякий случай. Я уже послал о нем запрос одному моему русскому другу в Лондоне господину Радомеру.

Фернандо Баретта пренебрежительно сказал:

— Вздор какой-нибудь!

Филиппо Меччио возразил:

— В политике ничем не надо пренебрегать. Все может пригодиться.

Через несколько дней в одном из пальмских литературных журналов появилась небольшая статья о Триродове. Автор биографии писал:

«Георгий Триродов, малоизвестный широкой публике, но талантливый, утонченный русский поэт, обратил на себя внимание знатоков и ценителей изящной литературы новеллами и стихами причудливой формы и психопатического содержания. Он ведет уединенный, странный образ жизни, владеет большим состоянием, занимается воспитанием покинутых родителями детей, и до сих пор ничто не давало возможности думать, что он интересуется общественными и политическими вопросами. Конечно, — писал дальше автор статьи, — и эта внезапная кандидатура чужеземного писателя на один из древнейших и знаменитейших в Европе престолов — одна из многих эксцентричностей русского декадента. И те, кто поддерживают эту кандидатуру, едва ли многого добьются».

Одна только в Пальме газета аграрной партии «Поля и Леса» отнеслась к кандидатуре Триродова очень нервно. Она поместила у себя по этому поводу насмешливую передовую. Дала краткие сведения о Триродове. Не очень верные, но изложенные довольно хлестко. Находила смешными и выступление Триродова, и самую его фигуру. Автор статьи говорил:

«Трудно отнестись к этому курьезному выступлению иначе как с презрительною усмешкою. Не стоит и задаваться вопросом о том, кто захочет поддержать этого развязного человека, дерзнувшего поставить свое темное имя против имени, блистающего славою, против имени, которое на устах у всех в пределах нашего государства и за пределами его. Разве только одни лохмотники могут обрадоваться выступлению этого господина. Люмпен-пролетариат, пожалуй, найдет, что это — самый подходящий для него король. Мы же видим в этом письме только возмутительно-дерзкую выходку, очевидно, рассчитанную на сочувствие всякой революционной международной сволочи. Мы относимся к этой выходке с самым резким осуждением и негодованием. Те политические деятели, которые нашли возможным выдвинуть этого темного человека, трусливо прячась за его спиною, по-видимому, не отдают себе отчета в том, насколько их поступок бестактен и бесцелен; постыдность же этого поступка они, очевидно, не в состоянии учесть».

Политики правой и центра в парламенте прочли эту резкую статью с большим неудовольствием.

Граф Камаи говорил:

— Какая бестактность! Дразнить сволочь, зачем? Наглую выходку надо было замолчать. Не следовало бы даже и печатать это письмо.

И прибавлял значительно:

— Это мнение разделяет и его высочество.

Гораздо более внимания уделили письму Триродова в Париже и в Лондоне, где также подумали, что за Георгием Триродовым кто-то стоит, какая-то крупная сила. Газеты сделали из этого письма свою очередную сенсацию и заинтересовали Триродовым публику. В те дни случилось, что не было иной, более близкой и острой темы для газетных сенсаций. Потом заговорили об этом и в других европейских центрах.

Писали сначала, что это — интрига русского правительства, как всегда, неумелая. Потом принялись искать иных вдохновителей.

Глава восемьдесят третья

Отъезд Петра Матова в дальние страны откладывался со дня на день. Все находились предлоги для отсрочки. Дела какие-то. Да и Елена не торопила. Ей больше нравилось здесь. В далекие страны ее не тянуло. А Елисавете вдруг захотелось ехать далеко, увидеть благословенную природу теплых стран, яркие краски небес, цветов и морей, жгучие взгляды и солнечные улыбки. И мечта о королевстве Соединенных Островов уже стала ей приятною.

Тем временем Петр посещал всех своих знакомых в городе и в его окрестностях. Он прощался с ними перед своею поездкою за границу.

Петра всегда занимали религиозные вопросы. Поэтому у него было много знакомых среди духовенства. Он был хорошо принят у местного епархиального архиерея и у его викария. Со многими духовными и светскими богословами Петр Матов вел оживленную переписку.

Однажды утром в праздник Петр Матов поехал в подгородный монастырь к епархиальному архиерею. Воспитанники триродовской колонии в это же время отправились в прогулку на целую неделю. Одним днем на этой неделе Триродов решился воспользоваться для поездки в монастырь.

Триродовские воспитанники сами решили прогулку. Сами выработали ее маршрут. Конечно, следуя усвоенной в колонии привычке, всю дорогу и дети и учительницы прошли босиком. Потому они мало уставали. Таскающие грузы на своих ногах не знают, как легко бегут освобожденные от тесных сжатий ноги.

На обратном пути дети предполагали посетить монастырь. Триродов выбрал тот день, когда дети были в монастыре. Это был один из весенних праздников, и в этот же день в монастырь отправился и Петр.

Триродов сел рано утром на пароход.

Монастырь, где жил летом епархиальный епископ, был расположен на реке Скородени, немного ниже города. Туда была проведена от города электрическая железная дорога. По ней бойко бегали окрашенные в желтую краску вагоны. Скородожцы почему-то прозвали эти веселенькие вагончики кукушками. Но удобнее и приятнее летом было ехать в монастырь на пароходе. От городской пристани до монастырской пароход пробегал в полчаса. Горожане пользовались этими легкими пароходиками очень охотно. Кто ехал помолиться, кто погулять. Иные, взойдя на пароход, направлялись прямо в буфет и там сидели, не выходя, пока не добежит пароход до своей конечной пристани, верстах в пятнадцати от города.

Случилось, что на одном пароходе с Триродовым в монастырь ехал и Остров со своими приятелями. Он старательно прятался от Триродова. Но таки встретились.

Томимый странным беспокойством, Триродов словно чувствовал близость чего-то злого и враждебного. Он порывисто ходил из конца в конец по палубе и в каютах. Наконец совсем неожиданно и для себя и для Острова встретил его.

Остров залебезил перед Триродовым. Борода его на ярком утреннем солнце казалась рыжею.

Триродов тихо спросил его:

— Воровать?

Остров отвечал с нелепыми ужимками:

— Хе-хе, молиться Богу. Извольте обратить внимание, как раскупается религиозно-нравственная литература. Утешительно.

На передней палубе парохода книгоноша, сухонький старичок с седенькою козлиною бородкою, в картузе с длинным плоским козырьком, в громадных в серебряной оправе очках, выкрикивал:

— «Суд Божий», листок и книжка две копейки. О том, как молодой человек из красных и жидов совершил кощунство. С картинкою. Очень поучительно.

Около книгоноши толпились простецы. Долго рассматривали картинку и потом покупали назидательную книжку.

Остров юлил около Триродова. Говорил притворно-сладким голосом:

— Не оскудевает вера в народе. Как ни стараются кое-какие господа, а вера-то все крепка. Не прикажете ли, Георгий Сергеевич, для вас куплю эту книжечку? Любопытно-с!

Триродов сказал сухо:

— Не надо, благодарю вас.

Какой-то подвыпивший спозаранку мастеровой, молодой и костлявый, передернул широкими плечами под темным в полоску пиджаком, глянул на Триродова угрюмо и сказал:

— Господам не требуется.

Триродов поспешно отошел. Остров подмигнул на него и тихо сказал мастеровому:

— Химик, господин Триродов. Ученейший человек! Ума палата. А в Бога не веруют.

Мастеровой сказал еще угрюмее:

— Лягушек жрут и кислород пускают.

Триродову противно было соседство с Островым. Он вышел на первой пристани у окраины города. Здесь был большой сад, именуемый Летним. В саду близ пристани стоял Дружковский народный дом. Оттуда если и не попадешь на пароход, так можно было добраться до монастыря на электрической кукушке.

Заодно Триродову хотелось познакомиться с деятельностью местного попечительства о народной трезвости. Что делают здесь благотворители? Триродов знал, что попечительство о народной трезвости имеет бесплатную читальню. Эта читальня приютилась в здании местного народного дома.

Народный дом был выстроен на пожертвования местного богача купца Дружкова. Этот почтенный деятель разбогател на торговле хлебом. Он считался во многих миллионах. Любил почет, выбирался всегда на видные в городе должности, за благотворительность имел чины и ордена.

Под старость Дружков пожелал последовать примеру американца Карнеджи. Ему захотелось прославиться на всю Россию, увековечить свое имя, а заодно и насолить своим сыновьям. Они прогневали его женитьбою на бесприданницах. Дружков начал тратить свои миллионы на учреждение больниц, богаделен, школ, библиотек, Все эти учреждения должны были носить его имя. Особенно щедро давал он на здешний народный дом.

Сыновья Дружкова всполошились. Они заговорили о его расточительности. Хлопотали об учреждении над ним опеки. Пытались посадить его в сумасшедший дом. Но хитрый старик разрушал все их козни. Уж очень много у него было сильных связей и знакомств.

А все-таки истратить очень много Дружков не успел. Внезапно умер. В городе говорили, что он отравлен сыновьями. Говорили так настойчиво, что тело покойного Дружкова вынули из могилы и вскрыли. Следов яда не оказалось.

Дружковский народный дом по завещанию основателя перешел к местному земству. Но в нем распоряжалось всем попечительство о народной трезвости. Попечительницею дома была Глафира Павловна Конопацкая, молодящаяся вдова генеральша.

Учительницы, желавшие угодить влиятельным в их мире людям, бесплатно работали в народном доме и в попечительстве. Они следовали примеру своего начальства. Местный директор народных училищ Дулебов и его жена часто посещали Дружковский народный дом. Особенно деятельно работала там госпожа Дулебова.

Дулебовы дорожили отношениями к Конопацкой. А у себя смеялись над нею и злословили. Как водится.

Триродов подходил от пристани к народному дому. В это время Глафира Павловна Конопацкая ехала в своей коляске мимо народного дома к поздней обедне в монастырь. На пароходе со всеми ей было противно. Она говорила:

— Мужиков много. Скверно пахнет. У меня нервы так слабы.

Конопацкая была в белом нарядном платье. Белая шляпа с розовыми мелкими цветками, белые перчатки, белый зонтик, белые цветы у пояса — совсем как невеста. Пахло от нее дорогими, но противными духами. С нею сидел Жербенев в белом кителе с погонами отставного полковника.

Они увидели Триродова в Летнем саду, на площадке перед народным домом. Жербенев сердито заворчал:

— Господин Триродов в народный дом припожаловали. Что ему здесь понадобилось еще?

Конопацкая всмотрелась в Триродова. Заволновалась. Сказала с волнением:

— Для пропаганды, конечно.

Жербенев сказал тихо:

— Боюсь, что вы правы, как всегда. Идет поганить святое место, бунтовать наших барышень.

Конопацкая, бледнея и краснея, говорила:

— Я не могу, Андрей Лаврентьевич, как хотите. Это выше моих сил — проехать мимо, когда я вижу, что этот ужасный человек входит в дом, где идет наша святая работа. У меня сердце не на месте. Я выйду.

Жербенев сказал:

— И я с вами.

Они оба пошли в народный дом. Триродов уже был там. Он быстро шел по залам просторного, красивого, светлого здания, направляясь в читальню. Конопацкая и Жербенев тихими шагами крались за ним. Им захотелось подслушать его крамольные слова.

Триродов пока ни с кем не заговаривал. Он шел, окидывая беглым взглядом стены. На деревянном кронштейне стоял бюст Гоголя. Один только раз Триродов остановился у висевшей на почетном месте скрижали, чтобы прочесть начертанные на ней слова о наказании по всей строгости закона участников аграрных беспорядков.

Против входа в партер театра в двух комнатах помещались книжная торговля и читальня. В первой комнате продавались дешевые брошюрки. Здесь было много сказок и нравоучительных историй. В читальне были такие же дешевенькие и по большей части плохонькие книжонки. Газеты выписывались только реакционного направления: «Свет», «Московские Ведомости», «Душеполезное Чтение», «Досуг и Дело», «Скородожский черносотенный листок», еще несколько таких же из столиц и из соседних губерний.

Триродов перебирал газеты в читальне. Он спросил зеленолицую барышню в очках, сидевшую за прилавком:

— Вы здесь каждый праздник?

Барышня уныло ответила:

— Нет, мы по очереди. Сегодня я дежурю до четырех часов, а моя товарка поддежуривает до двенадцати.

Она показала остреньким подбородком на другую барышню, которая копошилась у книжного шкапа, близоруко обнюхивая книжки. У этой поддежуривающей была повязана платком левая щека с флюсом. Пахло от нее карболкою и нафталином.

Триродов спросил дежурную барышню:

— Можно взглянуть на каталог?

Унылая барышня равнодушно и вяло проговорила:

— Каталога еще нет. Каталог есть только у попечительницы. Мы так помним.

На лице ее все явственнее проступало выражение скуки. Триродов сказал:

— У вас, барышня, хорошая память. А есть у вас сочинения Пушкина?

Скучающая барышня принялась перечислять:

— «Сказка о рыбаке и рыбке», «Полтава», «Борис Годунов»,

«Капитанская дочка», «Песня о купце Калашникове». Нет, — поправилась она, — это уж из Лермонтова.

Триродов спросил:

— А полное собрание Пушкина есть?

Скучающая барышня посмотрела на него с удивлением. Отвечала:

— Нет. Зачем же? Для нас это не требуется.

Триродов продолжал спрашивать:

— А из новых писателей есть кто-нибудь? Например, что-нибудь Горького?

На лице дежурной барышни изобразился ужас. Роняя выражение привычной скуки, она покраснела, заморгала часто, как обиженная, и воскликнула:

— Горького? Ой, нет! Как можно!

Барышня, пахнущая нафталином, быстро подошла к своей товарке. Унылая дежурная в ужасе шептала ей:

— Горького спрашивают!

За полуоткрытою дверью слушали Конопацкая и Жербенев. Переглядывались. Конопацкая сказала зловещим шепотом:

— Вы слышали? Нет, я больше не могу.

Они вошли в читальню. Жербенев остановился у дверей. Знаком подозвал к себе барышень. Зашептался с ними. Конопацкая поспешно подошла к Триродову. Она заговорила с любезною улыбкою:

— Какая приятная встреча! Я очень польщена, Георгий Сергеевич, что вы захотели нас посетить. Я вам все покажу. Ведь вы знаете, я здесь попечительница.

Триродов улыбался и благодарил. Он сказал:

— Хотелось бы и в читальне, и в книжном складе видеть более широкий выбор.

Глафира Павловна бледнела от злости. Но, помня долг попечительницы-хозяйки по отношению к гостю, она говорила ему тоном любезного объяснения:

— Ах, помилуйте, Георгий Сергеевич, поверьте, мы знаем, что делаем. Темному русскому народу только это и надо.

Триродов возразил:

— Маловато. Одних душеспасительных книжек народу недостаточно.

Глафира Павловна закипятилась. Она взволнованно спрашивала:

— А что же прикажете ему давать? Революционную

литературу?

— Зачем же революционную? — сказал Триродов. — О такой литературе другие позаботятся, а вы...

Конопацкая, перебивая его, кричала:

— Нет, простому народу нельзя давать революционную литературу! Нас за это закроют, как вашу школу хотят закрыть. Мы не можем этим рисковать. Это было бы против нашей совести, против наших убеждений. Рабочие и так волнуются, потому что на фабриках везде агитаторы.

Жербенев, нашептавшись с обеими девицами, подошел к Глафире Павловне. Барышни остались у дверей. Они стояли вытянувшись, как солдатики в юбках. Их раскрасневшиеся лица с вытаращенными от усердия глазами казались разом поглупевшими и взмокшими. Нафталин и карболка, смешавшись с запахом духов Конопацкой, благоухали нестерпимо.

Глафира Павловна повернулась к Жербеневу и говорила с тою же запальчивостью:

— Вот, извольте радоваться! Господин Триродов требует, чтобы мы давали народу революционную литературу, чтобы мы обучали рабочих забастовкам. Как это вам понравится!

Триродов, улыбаясь, возражал:

— Извините, Глафира Павловна, — ничего подобного я не говорил.

Конопацкая заговорила потише:

— Да и вообще мы заботимся. Напрасно вы нас в чем-то обвиняете. Посмотрите на наш театр, на танцевальный зал, где мы делаем вечера для портних и горничных. И они очень ценят наши заботы о них.

Из окна было видно, что к пристани подходит пароход от города. Триродов воспользовался этим, чтобы проститься с Конопацкою и с Жербеневым.

Конопацкая шипела вслед ему:

— Я совсем расстроена. Ужасный человек.

Триродов опять сел на пароход. Скоро золотые главки монастырских церквей показались на высоком берегу.

Глава восемьдесят четвертая

Как это часто бывает у русских рек, и здесь один берег был высокий, холмистый, другой низкий, плоский. На высоком берегу леса росли. На низком были поемные луга.

Монастырь, как водится, стоял на высоком берегу. Его златоглавые храмы, каменные дома, холеные сады и мощенные крупным синевато-серым камнем дворы раскинулись на крутых склонах берега и на его переходящей в равнину вершине, среди старого, задумчивого леса. Из монастырских келий и садов открывались красивые виды на извилистую, быструю реку Скородень. За рекою синели в широкой дали поля, деревни, перелески, поблескивали золотыми искрами кресты дальних церквей.

Белая каменная ограда окружала весь монастырь, спускаясь до самой реки по склонам двумя многоуступчатыми рукавами, — словно обнимала всю монастырскую усадьбу. У самой ограды снаружи стоял каменный корпус монастырской гостиницы. Видно было еще несколько деревянных домов, — какие-то ларьки, лавочки, дачки.

По шоссе пыль дымила, блестели рельсы, порою шипела и звенела электрическая кукушка и, остановившись против ворот обители, выжимала из себя людей в котелках, канотьерках, картузах, в шляпках и в платочках. У ворот стояло много экипажей.

Триродов поспел к концу обедни.

В тот же день рано утром и воспитанники Триродова пришли в монастырь. Все дивило, но не все радовало их.

В этом месте уединения и молитвы внимание странно обращалось на вещи, на прочные постройки, на черные клобуки и шелковые рясы монахов, на кружки для сбора денег у ворот и у дверей, на вкусные запахи из пекарен и кухонь. А монахи, — на кого из них ни посмотришь, сразу видно, что монастырь богат. Под дорогими, нарядными рясами угадывались телеса откормленные, полные. Лица почти у всех румяные. Постников бледнолицых мало встречалось.

На паперти собора толпилось много богомольцев. Не вместились все в храм. В дверях была давка. Иные старались протолкаться внутрь, другие выходили. Было видно больше стариков, чем молодых. Больше женщин, чем мужчин. Было много детей. Дети толкались больше всех, шныряя туда и сюда без устали, или вовсе беспризорные, городские и слободские, или забытые на время озабоченными чем-нибудь монастырским родителями.

И у храма, и у ворот было много нищих. Да и богомольцы многие на нищих были похожи. Многие, пришедшие издалека, в пути питались подаянием. Почти все они были очень грязные сами и очень грязно одеты в какое-то рванье. Пахло от них отвратительно. Многие были покрыты язвами и болячками.

Сквозь эту смрадную, жалкую толпу хотел Триродов пробраться в храм. Ему посчастливилось. Приехал вице-губернатор с женою. Он угрюмо поздоровался с Триродовым. Усердные городовые принялись расчищать для него дорогу. За ним прошел и Триродов.

Когда Триродов вошел в храм, обедня уже близилась к концу. Служил викарный епископ Евпраксий. Он делал возгласы гремящим голосом и порою вздыхал так громко, что бабы начинали плакать от умиления, а дамы улыбались и крестились. Певчие пели умилительно. Протодьякон потрясал воздух низкими звуками своего пока еще не пропитого баса.

В церкви было много света. Белые стены с воздушно-легкою живописью радовали взор. Близ алтаря стояла чудотворная икона. Ее золотая риза сверкала игрою драгоценных камней. Изумруды и яхонты на ней были слишком крупны. Знатоки говорили, что все эти камни невысокого достоинства, что они плохо обработаны и что настоящая цена их много ниже того, что о них думали.

Было в церкви много губернских дам. Купцы и купчихи. Чиновники в мундирах. Впереди, перед солеею, было попросторнее. Но все-таки и здесь было душно, дымно от ладана и приторно-ароматно от дамских духов. Сзади, где простецы теснились, было нестерпимо душно, томно и вонюче. Серые армяки и сбитые лапти источали кислый запах.

В стороне стояли монахи. Казалось, что они углублены в молитву. Но они все видели, что делалось в церкви.

Триродовские дети и учительницы их стояли в церкви близ клироса, одетые красиво, босые. Все на них глядели неодобрительно. Многие посмеивались, перешептывались.

Конопацкая шептала вице-губернатору:

— Что же это, такое, Ардальон Борисович! Ведь его школу закрывают, так как же это он сюда привел всю эту ораву? Это — демонстрация!

Вице-губернатор отвечал сердитым полушепотом:

— Последние дни доживают. Он говорит: это — все сироты, идти им от меня некуда, а в ваши приюты я их не отдам.

— Какой нахал! — почти громко воскликнула Конопацкая.

— Да и места нигде нет, — продолжал вице-губернатор. — Мы с Дулебовым придумали так: пусть он дает деньги на содержание приюта, а начальницу и учительниц Дулебов назначит от себя. Так он не хочет, написал попечителю. Только ничего не добьется, по-нашему будет.

Под конец обедни потянулся ряд гладких монахов, генералов, купец — церковный староста и две дамы, нарядные, в черном и кислые, все с кружками и с тарелками для сбора пожертвований. В алтаре в это время совершалось святейшее Таинство, — наитием движущего миры Духа отдельные частицы холодного вещества приобщались Единой Вселенской Жизни и претворялись в истинное Тело и в истинную Кровь, предлагаемые верным и верующим. А в толпе пробирались сборщики и мешали молиться. И звенели монеты, падая одна на другую.

Триродовские ребятишки положили на каждую тарелку и опустили в каждую кружку по копейке. У них были с собою свои собственные деньги, и они знали, что просящему надобно дать.

Обедня кончилась. Долго толкались, подходя к кресту и к архиерейскому благословению. Со слезами и со вздохами преклонялись перед чудотворною иконою. Чего-то ждали, надеялись на что-то. На блюдо у иконы деньги падали, звенела монета о монету.

Многие пошли в другой храм. Он назывался холодным. Служили там редко. Там стояла гробница со святыми мощами. На гробнице лежал, до полу свешиваясь, златотканый покров. У образа над гробницею ярко лампада горела, и от множества зажженных в двух серебряных высоких подсвечниках желтоватых восковых свеч было ярко, тепло и умилительно. Была тишина благоговейная над гробницею. Смирялись перед нею сильные и злые и склонялись головами до холодного каменного пола. Проходили один за другим. Звенели монеты, падая на блюдо на златотканом покрове.

Триродов долго ходил по широким, просторным дворам монастыря. Разговаривал с кем придется. Чужие разговоры слушал.

Как-то странно переплетались слова о Божьей воле со словами о житейских делишках. И все были только слова об устроении этой темной, смрадной жизни. Не было слов о мире чаемом и вожделенном, подобных тем словам, какие слышал Триродов у раскольников и у сектантов. Мир, лежащий во зле, обстал монашескую обитель, тихую некогда пустынь, и дышал на нее ежедневною своею злобою и тусклою своею заботою.

Видно было немало полицейских, жандармов, сыщиков. Триродов подошел к одному филеру, лицо которого было ему знакомо. Спросил тихо:

— Следите? За богомольцами-то? Стоит ли?

Филер засмеялся и с откровенностью, возможною только в русском, сказал так же тихо:

— Помилуйте, нельзя же! Где святыня, там и враг рода христианского близок. Чуть где соберутся простые люди, там и они — мутить.

Прошли мимо два монаха, — здешний, дородный и веселый, и из чужого монастыря, унылый и суетливый. Здешний говорил:

— У нас кормят, Слава Богу, превосходно, можно сказать. Благоуветлив отец эконом.

Гость жаловался:

— А у нас и скудно, и плохо. Отец игумен изрядно скупенек. Правда, и сам постник...

Прошли, и уже не слышно было их слов.

На дворе монастыря у самых ворот стоял небольшой, но поместительный каменный флигель, двухэтажный, выкрашенный белою краскою, с зеленою кровлею, с зелеными железками подоконников. Первый этаж этого флигеля был занят двумя лавками. Видно было, что там торговля идет хорошо. Поминутно открывались двери обеих лавок, пропуская входящих и выходящих. Были там и триродовские дети. Триродов зашел в обе лавки.

В одной из этих лавок были крестики очень разные по величине, виду и материалу, — золотые, серебряные и только позолоченные и посеребренные, — из дерева пальмовые, кипарисовые и липовые, — из уральских цветных камней, яшмы, малахита, кварца, горного хрусталя, топаза и аметиста, — с цепочками и без цепочек; иконы и иконки, писанные на дереве монастырскими иконописцами, в ризах и без риз, и резные из черного блестящего дерева, привезенные из Иерусалима; медальоны с образками; библии, евангелия, псалтири, часословы, молитвословы, жития святых, история обители сей и ее олеографические виды, с разных мест снятые; открытки с видами обители; книжки религиозного и наставительного характера; свечи восковые разных величин, желтые и посветлее, простые и обвитые фольгою; ладан в кусках и в зернах; масло лампадное галлипольское простое для возжигания в лампадах и оно же освященное от мощей, для врачевания недугов, в малых запечатанных сургучом стеклянных сосудиках; лампады разных величин, на цепочках и на медных подставочках, что привинчиваются под киоту; картинки на темы из библейской и церковной истории, лубочные и цинкографические; четки из дерева разных цветов из цветных камней, из стекла и из бус; пояски плетеные и вязаные; посохи священнические и много иных подобных предметов.

За прилавком сидел упитанный монах в шелковой рясе. Суетились два послушника с иконописными лицами.

Триродов приобрел здесь один предмет, который был ему нужен, но о котором он почему-то забывал.

В другой лавке продавались снеди и пития монастырского происхождения, все очень вкусные: мед с монастырской пасеки, липовый светлый и сладкий, гречишный темный и горьковатый, и с других цветов собранный, особо каждого аромата, и еще мед цветочный смешанный, мед в сотах и мед чистый; коврижки и пряники медовые; хлеб монастырский черный, вкуса необычайно приятного, хлеб ситный, хлеб из просфорного теста; квас монастырский вкуса усладительного чрезвычайно; ягоды сушеные — земляника, малина; ягода в сахаре — вишня, клюква подснежная; варенье ягодное, яблочное, грушевое и ореховое; пастила ягодная и яблочная; грибы сушеные, на нитку низанные, грибы соленые и маринованные в банках; сушеные яблоки; сахар постный плитками; овощи сушеные и много другой постной, но вкусной снеди.

Продавал все эти прелести веселый, румяный монах, маленький и толстый. Он щурил глазки, посмеивался и покрикивал на своих подручных, двух очень молоденьких послушников, таких же, как он, веселых.

Нельзя было и здесь не сделать покупок. Триродовские

воспитанники, случившиеся здесь, забрали все эти вещи, — уложить на подводу, которая их сопровождала.

Над вторым этажом того же дома висела вывеска, золотом по черному фону — «Скородожские Известия». Там помещалась редакция ретроградной газеты, которая в последнее время усиленно занималась черносотенною агитациею. Эта газета была основана недавно на доброхотные даяния местных купцов-патриотов. Стоила она дешево, три рубля в год. Поэтому, хотя интеллигенция и рабочие презирали эту газетку, у нее все же нашлось много подписчиков.

Выйдя из второй лавки, Триродов подумал:

«Не зайти ли в эту редакцию?»

И уже пошел было к крыльцу, но вдруг увидел, что с другой стороны к тому же крыльцу подходят Жербенев и Остров. Второй раз встречаться с ними не захотелось Триродову. Он пошел опять по двору. Опять смотрел и слушал.

Какой-то замухрышка-городовой говорил приезжим крестьянам:

— У нас — усиленная охрана. Теперь я кажинного могу убить из леволвера, и никаких свидетелей против меня не примут.

Мужики и бабы молча вздыхали.

Глава восемьдесят пятая

Преодолевая свойственную ему любовь к молчаливым созерцаниям, Триродов разговорился с каким-то послушником. Оказалось, что он — певчий. Это был молодой человек с желтоватыми длинными волосами, высокий и худой. Он сказал:

— Бойкие у вас дети, воспитанники-то ваши.

Триродов засмеялся.

— Чего ж им не быть бойкими!

Послушник говорил:

— Видно, не заолочены. И такие, видать, дружные. А вот у нас в архиерейском хоре здорово бьют.

Триродов спросил:

— Кто кого бьет?

Послушник словоохотливо рассказывал:

— Да регент у нас больно строгий в архиерейском хоре, Гулянкин, Геннадий Иваныч. Он малолетних певчих страх как бьет. Певчих малолеток у нас всего четырнадцать. Младшему лет девять, старшим лет по пятнадцати.

Подошли и малолетки певчие. Жаловались, опасливо поглядывая по сторонам. Одеты они были в черных суконных блузах, довольно поношенных.

Послушник говорил:

— Кулак у Геннадия Иваныча увесистый. А то ремнем начнет лупцевать, — снимет с себя пояс ременный да пряжкой и зажаривает. А то ногою двинет. А побольше вина — розгами секут.

Высокий кудрявый мальчик, показывая на своего товарища, сказал:

— На днях вот ему Геннадий Иваныч пряжкою руку до крови рассек. Как саданул со всего размаху!

Посыпались рассказы, такие чуждые и странные для Триродова, словно рассказы о жизни на какой-нибудь иной, страшной и мерзкой планете.

— А вот вчера такой случай был: Мишка Горбухин зашалил, — он у нас самый маленький, — вот этот.

Девятилетний карапуз краснел и хмурился.

— Геннадий Иваныч его так хватил кулаком, что он упал на пол. Геннадий Иваныч подумал, что это он нарочно упал, так он ему ногой как даст в бок, аж мальчишка так и зашелся. Да еще такую матерщинку загнул, что уши затыкай.

— Нет у нас ни одного мальчика, которого бы он не бил.

— То кулаком, то дягой.

Триродов спросил:

— Что такое дяга?

Объяснили:

— А так он пряжку зовет.

Рассказывали с одушевлением:

— Скажет: «А ну-ка, поди-ка сюда, я тебя дягой!» — и начнет свою расправу.

— А в квартире-то у нас какая грязь: сор, пыль и на полу, и на столах, на скамейках, на окнах!

— В бельишке, в одежде, во всем терпим недостаток.

— Белье рваное, в заплатках.

— Штанишки — надеть стыдно.

— Многие койки без простынь стоят.

— Валяемся, как свиньи.

— Вот уж жаркая погода, а мы все в черных суконных блузках и в черных фуражках.

— Прошлый год в июле все болели коростой.

Все это говорилось без особенной злости, как дело привычное. Триродов сказал:

— Вы бы жаловались архиерею.

Мальчики засмеялись как-то невесело. Кто-то из них уныло сказал:

— Были глупы, жаловались сдуру.

Триродов спросил:

— Ну, и что же?

Мальчики покраснели. Стыдливо хихикали и смотрели в сторону. Молодой послушник говорил:

— Милостивая резолюция вышла — жалобщиков всех высекли да еще заставили у регента прощенья просить, на коленках стоя. А кому не нравится, те вон поди. А куда пойдешь? У родителей — бедность непокрытая, а есть и вовсе сироты.

Мальчики стыдливо и робко смеялись. Вдруг они замолчали и по одному стали отходить. Словоохотливый послушник торопливо попрощался с Триродовым и пошел с видом человека, торопящегося по делу. Их всех спугнуло приближение Петра Матова.

Триродов сказал Петру:

— Не нравится мне здесь.

Петр сделал сухое, холодное лицо, как будто слова Триродова задевали его. Спросил:

— Почему не нравится? Здесь все так благоустроено.

Триродов говорил спокойно:

— Слишком по-земному все здесь. Хозяйственно, зажиточно.

Петр хотел возразить что-то, и видно было, что на языке его шипят злые, резкие слова. Но в это время к Петру подошел келейник в новеньком синем подряснике с перламутровыми пуговками, тонкий как жердочка, очень молодой, почти мальчик. На лице его изображался избыток смирения. Усмиряя скрип ревучих сапог, он поклонился Петру низко и сказал:

— Его преосвященство, преосвященнейший владыка Пелагий просят вас пожаловать к нему пообедать. И вас также, господин Триродов, — сказал он с таким же низким поклоном.

Петр Матов и Триродов вместе пошли к епископу.

Епархиальный епископ Пелагий был хитрый и злой честолюбец. А казался он добродушным и любезным, привыкшим к светскому обществу человеком. Он покровительствовал местным черносотенным организациям. Очень был благосклонен к Глафире Конопацкой. По его внушению нынче осенью в квартире Конопацкой организовался издательский кружок. Этот кружок выпустил несколько брошюр и листовок. Иные были вроде той, что продавалась на пароходе. В других содержались проповеди на современные темы. Продавались эти книжонки дешево. Иногда раздавались даром. Рассылались по школам. В короткое время по всей губернии расползлась эта литература.

Гостиная епископа Пелагия была полна гостей. В ожидании выхода владыки, отдыхавшего после обедни, гостей занимали сановные монахи. Вели тихие разговоры.

Был здесь викарный епископ Евпраксий, с большими странностями человек. Противоречивые черты сочетались в нем. Он был одновременно жестокий деспот и вольномыслящий. Когда он был еще архимандритом и ректором семинарии, его жестокость вызвала к нему ненависть семинаристов. В печку в его квартире подложили бомбу. Она взорвалась. Печку разнесло. Но никто не был ранен. На Евпраксия это событие сильно подействовало. Говорят, что с того времени он совершенно изменился.

Он был вдохновенно-красноречив. Высокого роста, с пламенными черными глазами, с гривою черных волос, с толстыми красными губами, он производил большое впечатление, — обаятельный и нелепый человек.

Был наместник архимандрит Марий, известный черносотенец. Это был молодой монах, фанатик, сухой и черный. Он имел репутацию аскета.

Был вице-губернатор. Около него увивался директор народных училищ Дулебов. Жена Дулебова вела любезный разговор с вице-губернаторшею, вульгарною, толстою бабою. Когда Триродов вошел в гостиную, обе четы воткнули в него восемь округленных от злости глаз, сделали две пары безобразных гримас, похожих на восемь флюсов, и отвернулись.

Триродов не очень удивился, увидев среди гостей и Острова. Какие-то дамы и Жербенев благосклонно разговаривали с ним.

Во время обеда велись тихие речи, но злые. Епископ Пелагий заговорил с Триродовым о воспитании. Оказалось, что все присутствующие злы на учащуюся молодежь. Вкруг стола зашипели злобные, укоризненные речи:

— Распущены!

— Развращены!

— Забастовки придумали!

— Точно мастеровые!

— Плохо учатся!

— Совсем не учатся!

— Не мимо сказано: неучащаяся молодежь.

— С детства набалованы. В школах и в гимназиях.

— Не секут в школах — напрасно.

Когда речь зашла о телесных наказаниях, у гостей у многих стали радостные, оживленные лица. Епископ Пелагий спросил Триродова:

— А вы как наказуете провинившихся?

Триродов спросил:

— Да зачем же мне их наказывать?

Вице-губернатор угрюмо сказал:

— Вы поощряете всякую гадость. За то мы вашу школу и закроем.

Триродов, улыбаясь, сказал:

— А я ее опять открою, если не здесь, то в другом месте.

Вице-губернатор грубо засмеялся и сказал:

— Ну, уж нет, это вам не удастся. Одно только мы и можем для вас сделать, передать вашу школу в непосредственное заведование дирекции, и уж дирекция назначит от себя весь педагогический персонал.

Его жена ухмылялась. Епископ Пелагий наставительно сказал:

— Детей следует сечь. Весьма похваляю телесные наказания, весьма.

Триродов спросил:

— Почему, ваше преосвященство?

Епископ Пелагий говорил:

— Жизнь для детей и подростков так еще легка и беззаботна, что они были бы не приготовлены к суровому подвигу жизни, если бы иногда не претерпевали приличествующих этому возрасту мучений. Притом же молодости свойственна опасная наклонность заноситься и мнить о себе высоко. Даже о Боге забывает легкомысленная юность. В телесном же наказании дана человеку вразумительная мера его сил. Указывается, что не все ты можешь, что хочешь.

Триродов сказал:

— На все это есть совсем другие способы. Да и не так опасны эти детские свойства. Чем выше взята жизненная цель, тем легче достигнуть хоть чего-нибудь.

Епископ Пелагий пожевал неодобрительно сухими губами и продолжал:

— Гордыня обуевает иного подростка. А высечь его — розги сломят его гордыню и укажут подростку его место.

Вице-губернатор угрюмо сказал:

— Конечно, надо пороть. Что же об этом спорить! Не по головке же гладить всяких негодяев. Вот у нас на днях на пароходе какой-то гимназистишка подсел к пианино да и давай «Марсельезу» отжаривать. И ничего с ним нельзя было сделать. Исключили из гимназии, только и всего. А он и рад на собаках шерсть бить.

Епископ Пелагий, обращаясь к Триродову сказал:

— Я знаю, вы скажете, что мы высказываем черносотенные мнения. А позволю вас спросить, что лучше, черная или красная сотня?

Триродов улыбнулся и промолчал. Вице-губернатор ворчал:

— Сказать-то, видно, нечего. Да вот, дайте срок, мы вам всем хвосты пришпилим.

Епископ Пелагий, сделав значительную паузу и обведя всех присутствующих строгим взором черных глаз, сказал внушительно:

— Что до меня, то я горжусь наименованием черносотенца. И даст Бог, черная сотня восторжествует на святой Руси нашей, на благодатном нашем черноземе.

Триродов сказал:

— Деятельность этих несчастных, темных, озлобленных людей может вызвать в городе погром, избиение интеллигенции. Уже хулиганы начали нападать в городе на прилично одетых людей.

Епископа Пелагия не смутили эти слова. Он говорил:

— А что такое погром? Гнев Божий, гроза, очищающая воздух, зараженный тлетворным духом буйственных и лживых учений.

Викарный епископ Евпраксий шумно вздохнул и сказал:

— Несущие свет миру бывают избиваемы и гонимы. Так было, господин Триродов, так будет. Но свет одолеет тьму.

Петр Матов все это время упорно молчал.

Разговор с епископом Пелагием произвел на Триродова угнетающее впечатление. И опять он пожалел о том, что узнал от Острова о намерениях его сообщников. Но затеянное дело надобно было довести до конца.

Когда гости стали расходиться, Триродов попросил у епископа Пелагия позволения переговорить с ним наедине. Пелагий пригласил Триродова в кабинет.

Сначала был не особенно приятный разговор о священнике Закрасине.

Пелагий говорил:

— Вы, Георгий Сергеевич, и батюшку себе под цвет подобрали.

Триродов возражал:

— Отец Закрасин — добрый и усердный пастырь.

— А зачем с мужиками беседует? Разъясняет им, чего и сам не понимает, — о какой-то якобы конституции. Подбивает крестьян против помещиков, против полиции.

Триродов долго убеждал епископа в том, что его сведения основаны на лживых доносах. Пелагий плохо верил, но все-таки кое в чем Триродову удалось его убедить. Наконец Пелагий решил:

— Потерплю еще некоторое время. Но пусть он знает, что чаша долготерпения моего готова переполниться.

Тогда Триродов рассказал Пелагию, что он видел нынче сон, который показался ему достойным внимания. Он видел, как ночью какие-то люди тайком выносят из монастыря чудотворную икону.

Пелагий подумал и сказал:

— Благодарю вас, Георгий Сергеевич. Икона охраняется хорошо, и бояться нам нечего. Бог не попустит совершиться злому делу.

Триродов спросил:

— Разве сны не от Бога? Разве в снах не дается указаний?

Пелагий строго посмотрел на Триродова и сказал:

— Каждому дается указание по вере. Ваш сон, если он внушен свыше, знаменует предостережение о душе вашей, из коей, как из небрегущей о святыни обители, враг рода человеческого готовится похитить святое сокровище ее. Блюдите, да не сможет враг исполнить злое намерение свое, бодрствуйте и молитесь, и с прилежанием прибегайте к святой церкви Христовой, и, с Божиею помощью, посрамлен будет хищник.

Глава восемьдесят шестая

Меж тем, по случаю праздника, в садах и на лугах под монастырем уже начиналось великое пьянство.

Бывший учитель Молин подружился с келейником викария Евпраксия. Пока Евпраксий сидел у Пелагия, его простоватый келейник показывал своему новому другу квартиру Евпраксия. Случилось так, что Евпраксий забыл дома свои золотые часы. Молин сумел-таки отвести глаза келейнику. Украл часы. И поспешил проститься. Говорил:

— Пора уходить. А то как бы твой барин не вернулся. Чужого увидит — тебя облает.

Келейник обиженно поправил:

— Владыка, а не барин. И он у нас не пес — не лает.

На дворе Молин отыскал своих. Сказал:

— Бодрилки выпить, братцы, пойдемте на лужок.

Друзья вышли из монастыря. На лужайке пили водку.

Монахов близко не было. Молин огляделся и из-под полы показал друзьям золотые часы. Послышались возгласы удивления и восторга:

— Ого!

— Вот так штука!

Завистливый восторг друзей радовал Молина. Он хвастался перед друзьями:

— У викарного слямзил! Его келейник со мной заговорился, я ему ловко глаза отвел.

Яков Полтинин грубо упрекал Молина:

— Экий ты, братец, дуботолк! А еще ученый называешься.

Молин смешливо сказал:

— Чего лаешься, балда! У монахов деньги не свои.

Яков Полтинин говорил:

— Да пойми, что сегодня этого не надо было делать. У нас большое дело на руках, а мы на такой ерунде можем влопаться.

Молин грубо хохотал и оправдывался:

— Ничего. Дурачье и бестолочь. Ничего не заметят.

Кража иконы была налажена в тот же вечер.

Под конец дня, когда солнце клонилось к закату, последние гости уехали. А вина осталось еще много. Монахи разошлись по своим кельям. Потом они по три, по четыре человека собирались в той, в другой келье. Была великая попойка. Монахи перепились.

В соборе с вечерни остались вор Поцелуйчиков и пятнадцатилетний мальчишка Ефим Стеблев, сбившийся с толку, но зато научившийся воровать и пить водку сын сельского учителя. Спрятались за большой образ в темном углу собора. Было тесно, неудобно и страшно. Когда послышался стук закрывающейся двери, у воров сердца захолонули. Они знали, что, кроме них, никого нет в этом громадном соборе, но все-таки смутный страх заставлял их жаться в тесном углу и разговаривать шепотом.

Когда совсем стемнело, они вышли и принялись за работу. Поцелуйчиков разбил локтем стекло чудотворной иконы. Осторожно вынули тяжелую икону из киота. Работали тихо, при слабом свете восковой свечи.

Было тихо и темно. Темнела высь безмолвного собора. Точно вздыхал кто-то в тишине, и вздохи эти были глубоки и темны.

Молин стерег снаружи. Он лег на скамейку близ собора и притворился заснувшим.

Подошел пьяный монах-сторож. Молин завел с ним беседу.

Монах пьяным голосом спрашивал:

— Отчего ты не в гостинице?

Молин отвечал:

— На вольном воздухе вольготней.

Монашек благодушно бормотал:

— Вольготней, это ты верно говоришь. Если бы кто-нибудь мне поднес!

Молин вытащил припасенную на всякий случай сороковку. Выпили. Поговорили. Монах, казалось, не собирался уходить. Темная злоба на монаха поднялась в темной душе Молина. Он грубо сказал:

— Смотри-ка, отец святой, в соборе огонек светится. Никак, воры забрались.

И сам думал:

«Увидит, — задушу руками. Сколько живу, чего со мной ни

случалось, а человека еще не убил. Вот эту мразь укокошу».

Монах бормотал:

— Зенки налил, пьяница. Какой тебе там огонек! Наше место свято.

Наконец пьяный монашек ушел, бормоча что-то, икая и пошатываясь. Пусто и тихо стало на темном монастырском дворе. Молин постучался в окно собора.

Тем временем Поцелуйчиков и Стеблев взломали ящик выручки, где продавались свечи. Забрали груды монет. Напихали их себе в карманы, за пазуху. Стеблев снял с себя рубашку. Завязали рукава, затянули веревкой ворот. Вышел мешок хоть куда. Насыпали туда денег. Потом разбили стекло в окне, икону, завернутую в полотенце, выбросили на двор и сами вышли.

Так же просто, как воровали, и убежали воры. Спустились по монастырскому саду к реке, таща с собою закутанную икону. У реки в кустах была с утра припрятана лодка, в которой сидели Остров и Полтинин. Воры скрылись в ночной темноте.

Кража иконы была обнаружена только на другой день утром. Рано на рассвете сторожа-монахи отперли собор — прибрать. Подошли к иконе, — и вдруг, раньше сознательной мысли, страх ударил их свинцовыми плетьми. Бросилось в глаза отсутствие иконы, — поломанная перед нею решетка, — осколки стекол на полу, — выдвинутый ящик денежной выручки. Всюду видны были следы воров.

Было раннее, тихое утро, такое радостное и чистое, что проснувшемуся рано и вышедшему в поля от жилья далеко хотелось плакать от умиления. Низко стояло солнце, и светило оно не жарко и благостно. Росою трава была обрызгана. Переливно, многоцветно росинки смеялись. Ранний холодок был весел и свеж. Все, все в природе невинно и молодо радовалось. Только монахи были в тоске и в отчаянии. С тихими, смятенными возгласами они метались по монастырю.

В монастыре поднялся страшный переполох.

Со вчерашнего дикого перепоя у монахов, почти у всех, болели головы, было томно и тошно. То, что они услышали, разбуженные вдруг гулом и плачем, и то, что увидели они, поспешно прибежавшие в собор, было им не то сон, не то явь, не то искушение дьявольское.

Испугались, глазам не верили. Переговаривались смятенно:

— Что теперь делать?

— Беда!

— Дожили!

— Господне попущение.

До начальствующих монахов новость докатилась не сразу и пришла уже насыщенная жалкими словами и страшными подробностями. Сказали сначала отцу эконому. Потом наместнику. Наконец епископу Пелагию.

Пелагий сразу вспомнил вчерашнее предостережение Триродова. Он склонил голову и несколько минут сидел молча. Наконец он решил:

— Полиции надо сказать.

Отец эконом по телефону говорил с исправником. И слышно было, как растерялся, как испуган был исправник. Долго не хотел верить. По телефону же доложил вице-губернатору.

Вице-губернатор угрюмо закричал:

— Проспали! Теперь-то чего же зеваете? Оправляйтесь немедленно в монастырь. Да прокурору не забудьте доложить.

Исправник помчался в монастырь.

Полицейские чины, особенно старшие, были обозлены и испуганы. Ждали себе начальнических нагоняев. Из-под носу украли!

В монастыре было шумное смятение. Богомольцы весь день толпились и шумели. Словно вдруг потеряли уважение к святыне. И почти не сыпали даров и покупали мало. Монахи имели суровый и смущенный вид. Говорили сдержанно:

— Божье попущение.

— За наши грехи.

— Вернется Владычица — милостив Бог!

Духовный совет собрался и совещался долго. Епископ Пелагий был гневен. Стучал посохом в пол.

Собор оцепили солдатами и стражниками.

В городе только и разговоров было, что о краже в монастыре. Интеллигенты обсуждали с общих точек зрения. Верующие плакали и обвиняли всех, кого только можно было хоть как-нибудь связать с этим делом. Говорили:

— Не к добру!

— Проклятые!

— Последние времена.

Неверующие издевались над верующими и над монахами.

Кощунственны и нестерпимо грубы были их глупые шутки. Колеблющиеся умы, наклонные к умствованиям и рассуждениям, были страшно потрясены. Злобно пьянствовали и пьяно философствовали.

В простом народе быстро и далеко разнеслась злая весть о пропаже чудотворной иконы. И впечатление от этой вести было тупое и злое. Дивились:

— Да как руки у злодеев не отсохли!

Объясняли:

— За грехи наши Бог попустил.

В отчаянии слагали легенды.

— Не украли! Сама ушла, матушка. Прогневалась на монахов.

— Потом объявится.

Полиция усердно искала икону. Всеми чувствовалось, что дело будет иметь большие последствия.

Ночь после кражи в монастыре близилась к концу. В равнинах уже светало, а лес был еще по-ночному темен и чуток. В доме, в котором ютились Яков Полтинин и Молин и который они называли своею дачею, — в лесной лачуге, ждали воров две бабы, любовницы Якова Полтинина и Молина, черноглазая и смуглая, похожая на монахиню Раиса и жирная, курносая и чуть-чуть рябая Анисья. Связаны они были со своими сожителями не любовью, а только пьяною похотью и участием в разных темных делах. Их сожители их презирали, держали в страхе и часто били. Обе бабы их ненавидели и не хранили верности к ним. Ненавидели и одна другую и нередко, оставшись вдвоем, дрались. Но чаще старались подводить одна другую под побои своих любовников.

Обе они были пьяные. Напились водкою со скуки, поджидая своих повелителей. И стали ссориться. Грызлись упрямо, тупо и зло.

Порою принимались они драться. Но водка разморила их, и настоящей, хорошей драки не выходило. Обменявшись несколькими звучными пощечинами, они расходились. Свирепо посматривали одна на другую, поджидая удобной минуты опять сцепиться.

Любовница Молина Анисья льнула к Острову. За это Молин уже не раз принимался ее бить. Любовница Якова Полтинина Раиса тайком сплетничала Молину на Анисью. Потому боялась ее и злилась. Боялась еще и потому, что Анисья на днях выследила свидание Раисы с одним из монахов.

Анисья говорила:

— Вот ужо про твоего Мардария все Якову Сергеичу скажу.

Раиса вскрикивала:

— Глаза выжгу!

Анисья посмеивалась и отвечала:

— Еще кто кому раньше!

Воры тихо пробирались в темном лесу. И только тихий огонек между деревьями, утешая, маячил в глазах, — тут, близко! Несли икону, завязанную в полотенце.

Когда еще подходили к дому, услышали визгливые голоса баб. Заворчали:

— Галдят наши гимназистки, как бабы на базаре.

— Ведь сказано им, чтоб тихо сидели.

— Драть их надо, мерзавок!

Сдержанный, тихий смех и грубые, жестокие шутки зашелестели среди воров.

Дошли, постучались. Тихий стук в окно заставил вздрогнуть заспоривших баб, уже собравшихся было опять подраться. Раиса пугливо спросила:

— Кто там?

Послышались из-за окна грубые голоса и смех:

— Эй, хозяйки, отворяйте ворота.

— Встречайте...

— Мы вам принесли...

Нахально, пьяно и визгливо засмеялись бабы. Они открыли дверь, и в затхлый воздух лачуги ворвались голоса пришедших. Грохот сапог, шум голосов, — точно великое множество ввалилось. А и всего-то было пятеро.

Молин раскутал полотенце, и положил икону на стол. Заблестела ее золотая риза в тусклом свете керосиновой жестяной лампы, висящей на стене, засверкали ее разноцветные камни.

Бабы дрогнули, но пересилили страх. Хохотали. Тыкали грязными пальцами в золото ризы. Тупая, глупая радость играла на лицах пьяных людей. Злые шутки их были отвратительны.

Зажгли свечи, чтобы виднее было. Ругаясь и толкаясь, воры принялись обдирать камни и золото. Смотрели на скорбный, темный от времени лик и смеялись. Пили водку и пиво. Яков

Полтинин командовал:

— Бабы, печку топить, живо. Камешки нам, а икону в огонь. Топор неси, Раиса...

Грохочущий хохот покрыл его слова. Анисья возилась около большой русской печки, пьяно пошатываясь. Раиса принесла топор. Яков Полтинин поставил икону на пол и, придерживая ее левою рукою, принялся рубить ее топором.

— Твердое дерево, хорошее, — похваливал Яков Полтинин. — Ну, Ефимка, подбирай.

Ефим Стеблев подобрал куски иконы и понес их к печке. У него были испуганные и глупые глаза, а губы его пьяно и нагло ухмылялись. Скоро в печи пылало пламя. Чистые, небесно-ясные огни бегали по раздробленному святому лику. Икона пылала. Лупилась краска. Искорки перебегали.

Молин крикнул:

— Ну, ребята, делить!

Остров посмотрел на него сердито и сказал:

— Делить так делить. А впрочем, дело не к спеху. Сперва хлебной слезы можно выпить.

Молин настаивал:

— Только, чур, делить поровну.

Остров грубо захохотал и крикнул:

— Как не так! Не жирно ли будет! Скажешь, пожалуй, что и Ефимке столько же, как мне?

Ефим начал было:

— Ведь я в церкви...

Но Остров посмотрел на него так злобно, что мальчишка оробел и отошел к бабам. Раиса шептала ему:

— Ну, что, корова тебе язык отжевала, что ли?

Молин свирепел. Кричал на Острова:

— Тебе, что ли, больше! Ты что за архимандрит?

Яков Полтинин грозно сказал:

— А кто придумал? Нам с Островым три четверти пополам, а вы делите остальное.

Вор Поцелуйчиков, смирный с виду и чахлый человечек, вдруг заволновался и закричал:

— Не согласен! Всем поровну делить. В петлю-то мы за вас лезли с Ефимкой.

Осмелел и мальчишка. Стоя сзади Молина, кричал:

— Поровну делить! Подавайте мне мою долю!

Остров прикрикнул на него:

— Ты, щенок, не суйся! Ты у нас вроде как в ученье, тебе полной доли не полагается.

Спорили все злее и яростнее. Уже не сдерживали голосов и кричали во всю глотку. В споре приняли участие и женщины. Назуживали мужчин. Молин закричал:

— Не хотите делить по-братски, так и донести можно.

Все вдруг замолчали. Молин спохватился. Забормотал смущенно:

— Право, стоило бы. Только что...

Бабы завыли в один голос:

— Донесет, погубит наши головы!

Яков Полтинин крикнул:

— А, доносить! Братцы, бей его!

И он вместе с Островым бросились бить Молина. Молин отбивался; Поцелуйчиков трусливо семенил вкруг сцепившихся и тонким голосом покрикивал:

— Доносить! Да что же это, братцы! Да — за это убить мало!

Ефим жался в углу и дрожал от страха.

Анисья притащила топор и сунула его Якову Полтинину. Яков Полтинин свирепо крикнул:

— Башку снесу!

Он взмахнул топором. Удар пришелся прямо по голове Молина. Раздался мягкий хруст черепа. Молин тяжело упал на пол.

Трое воров молча отошли от окровавленного трупа. Смятение испуга пронеслось по избе. Анисья завизжала:

— Убили!

Яков Полтинин грозно крикнул на нее:

— Молчи, сволочь! Того захотела?

Раиса укоряла ее:

— Ай да баба! Сама топор сунула, а теперь воешь.

Остров и Полтинин быстро вытащили Молина из избы.

Ефим и Поцелуйчиков вырыли глубокую яму. Молина бросили в нее и зарыли. Вернулись в избу. Уже без спора поделили деньги на четыре равные части. И потом сели ужинать.

Полтинин мрачно сказал:

— Издох не пожравши. Ну, да туда и дорога. Сам виноват.

Остров посмотрел на Ефима, гнусно хихикнул и сказал:

— Боюсь, проболтается мальчишка.

Ефим похолодел от страха. Но быстро сообразил, что страх

может его погубить. Развязно сказал:

— Нашли дурака! Либо вздернут, либо на каторгу пошлют. Нет, братцы, нам всем молчать надо. Вы лучше о бабах подумайте.

Взоры всех уставились на баб. Анисья заревела. Раиса презрительно улыбнулась и сказала:

— Я-то болтать не стану, а за Анисью не поручусь. Молинская лохудра.

Анисья закричала:

— Да побойся ты Бога! Не я ли на него топор принесла! Опостылел он мне, окаянный!

Полтинин выпил стакан водки и сказал невесело:

— Не скули. Убивать никого из вас не станем. Что руки марать! Не маленькие, понять можете, — денег много. Будете молчать — купчихами будете, проболтаетесь, — по миру пойдете.

Бабы успокоились. Ефим усмехался нагло, радуясь, что отвел от себя беду. Он был уверен, что воры так или иначе изведут Анисью. Ну, а Раиса уцелеет, — хитрая.

Он не знал, что в эту же ночь, под утро, четверо, сговорившись, задушат его и Анисью. Его долю отдадут Раисе. Останется сплоченная шайка — четыре надежные товарища.

Глава восемьдесят седьмая

Прошло несколько дней. Совершались в Скородоже самые обыкновенные у нас события. У Рамеева, как у деятельного члена кадетской партии, сделали обыск и при этом ничего не нашли опасного и преступного; но, как водится, захватили письма и кое-какие книги. Никого это не удивило и не взволновало особенно — дело привычное.

А вот что вызвало много толков.

Вице-губернатор и исправник возвращались из уезда вместе — ездили кого-то усмирять. Поздно вечером ехали они в город близ усадьбы Триродова. Было пустынно, темно. Леса и перелески обступали дорогу.

Вице-губернатор спросил:

— А это что там наверху огонь виден? Это уж не нас ли выслеживают?

Исправник поглядел в ту сторону, куда показывал вице-губернатор, и сказал:

— А это на башне, Ардальон Борисыч, у нашего химика Триродова.

Вице-губернатор угрюмо спрашивал:

— Какая такая башня?

Исправник объяснял:

— А как же, это у него над домом две башни построены. Очень хороший вид оттуда открывается — река, поля, город, все как на ладошке видно.

Вице-губернатору это не понравилось. Он заворчал:

— Что за башни! Точно дворец. Он там сидит, может быть, и все в подзорную трубу выслеживает. Надо запретить, — пусть снимет башни. Это против строительного устава.

Исправник тоскливо думал:

«Чего только не придумает! Опять мне придется путаться».

Вдруг из гущи невысоких кустов раздались выстрелы. Вице-губернатор диким голосом закричал:

— Чур меня, чур! Наше место свято!

И быстро сунулся вниз. Лошади помчались. Ямщик гнал во всю мочь. Было страшно, что голоса в экипаже вдруг замолкли.

Ямщик остановил своих лошадей только в городе, на площади, у полицейского управления. Оказалось, что исправник убит. Вице-губернатор, тяжело раненный, лежал без сознания, свалившись ничком с сиденья на дно коляски.

В этот вечер Триродов вышел на дорогу. Он сделал один длинную прогулку. Тоска томила его. Он быстро шел. Уже возвращаясь, вблизи своего дома он увидел экипаж. Услышал выстрелы.

Коляска промчалась перед ним. Бледное лицо ямщика пронеслось мимо Триродова. В коляске различил Триродов грузную фигуру исправника. Казалось, что он едет один.

Триродов вернулся домой, погруженный в глубокую задумчивость. Угрюмая Еликонида встретила его у ворот. Спросила:

— Что, батюшка, стреляли, никак?

Триродов отвечал:

— Стреляли, старая, — в исправника стреляли.

Убийство исправника обсуждалось в городе на все лады.

На другое утро Триродов и Елисавета сидели в беседке над рекою в рамеевском саду. Триродов рассказал Елисавете о своей вечерней встрече. Он сказал:

— Пожалуй, будут меня подозревать.

Елисаветины синие глаза потемнели. Она сказала:

— Я чувствую, что могла бы убить.

Триродов усмехнулся. Он вынул из кармана записную книжку, достал вдетый в ее корешок карандаш и на столбике беседки начертил, немного выше головы, небольшой круг. Тихо сказал:

— Да будет место, очерченное мною, кругом смерти.

Голос его звучал как заклинание великой силы. Потом, обратившись к Елисавете, сказал:

— Вице-губернатор ранен. Нажми эту очерченную мною, но незримую кнопку, и он умрет.

Елисавета решительно встала. Воскликнула:

— Пусть умрет злой!

И протянула руку. Но, когда уже палец ее был близок от очерченного места, она побледнела и рука ее упала. Тихо сказала Елисавета:

— Нет, не могу убить человека.

Триродов, улыбаясь, смотрел на нее. Он ласково взял ее руку и сказал:

— Я испугал тебя, чтобы дать тебе возможность заглянуть в свою душу. Ты не можешь убить, да и мое заклинание на этот раз бессильно. Нажимай это место сколько хочешь — на судьбе человека это не отразится. Теперь, когда ты это знаешь, попытайся еще раз.

Елисавета спросила:

— А если он умрет?

Триродов отвечал:

— Если и умрет, то не от того, что ты сделаешь.

Елисавета опять протянула руку к жуткому кругу и опять не смогла тронуть его. Покраснела и сказала:

— Нет, не прибавлю моей воли к угасанию чужой жизни. Не мне дано убивать.

На улицах города Скородожа появилось вдруг много диких, полуодетых, грубых людей, почти всегда пьяных. Прежде эти люди таились в трущобах на окраинах города. Особенно много их ютилось по краям Навьяго поля, за кладбищем. Теперь они стали смелы и дерзки и заполонили весь город. Днем бесчинствовали, ночью воровали. Иногда поколачивали гимназистов.

Буржуа, трусливый и скупой, жаловался:

— От хулиганов житья не стало.

Гимназистам разрешили ходить в партикулярном платье, чтобы хулиганы на них не нападали.

Оборванцы лезли на гулянья, на главную улицу города, в Летний сад. Приставали к буржуям кадетской наружности. Требовали денег. Говорили:

— Жрать нечего. Даже на водку нет.

Буржуям это не нравилось. Они пытались молча пройти. Оборванцы ругались. Стращали полицией. Говорили:

— Вот дадут нам три дня сроку, мы вас всех перережем, и вас, и ваших гимназистов-забастовщиков.

Кадеты, рассказывая об этом своим знакомым, восклицали:

— Можете представить!

Эсдеки злорадствовали.

Для охраны прислали в город казаков. Несколько купцов встретили их угощением: поднесли хлеб, колбасу и чай. Но буржуа и казаками был недоволен. Преступные же элементы населения, чувствуя, что не до них, пользовались обстоятельствами. Участились случаи грабежа. Часто стали насиловать женщин и девиц.

Через несколько дней после экзамена в школе Триродова он получил такую бумагу:

М. Н. П.
РУБАНСКИЙ
Учебный округ
ДИРЕКТОР Доктору химии, отставному
народных училищ коллежскому асессору
Георгию Триродову
СКОРОДОЖСКОЙ ГУБ.
19 июня 19** года.
№ 2136
г. Скородож

Его Превосходительство Господин Попечитель Рубанского Учебного Округа предложением от 12 сего июня за № 19233, последовавшим в разрешение представления моего от 2 сего июня за № 2007, уведомил меня, для надлежащего исполнения, что он считает необходимым учрежденную и содержимую Вами, Милостивый Государь, в имении Вашем при деревне Просяные Поляны Скородожского уезда школу с приютом для детей обоего пола, в виду обнаружившегося вредного направления означенной школы, закрыть и педагогический персонал оной уволить от занимаемых им должностей с 12 сего июня. Вследствие сего предлагаю Вам, Милостивый Государь, выданное Вам разрешение на открытие и содержание вышеназванной школы-приюта возвратить немедленно по получении сего в мою Канцелярию для представления его в Канцелярию Учебного Округа.

Директор Г. Дулебов

Письмоводитель Влад. Петренко

Когда Елисавета пришла в тот же день к Триродову, он показал ей эту бумагу. Она сказала:

— Надо жаловаться в министерство.

Триродов спокойно сказал:

— Из этого ничего не выйдет.

Елисавета спросила:

— Что же ты будешь делать? Ведь нельзя же так оставить!

Триродов отвечал:

— Поговорю с маркизом Телятниковым. Он на днях сюда приедет. А если он не заставит отменить это распоряжение, то придется взять детей в оранжерею и, может быть, отвезти на луну.

Близ города Скородожа стояло село Непогодово. Близ села находилась усадьба Кербаха. Туда похаживал иногда Остров. Нередко, когда Кербах был в городе, Остров наведывался и в село. Там было неспокойно.

В окрестностях этого села повсюду горели усадьбы землевладельцев. Поджигали крестьяне. Горели хлеб, амбары, скот. В то же время разбрасывались и приколачивались к стенам волостных и сельских правлений прокламации, иногда печатные, иногда переписанные самими крестьянами с печатных. Ходили по рукам и жадно прочитывались прокламации и брошюрки. Было немало и литературы «всамделишной», — написанной грамотеями из местных крестьян. Это было все не очень грамотно, но очень сильно, резко и гневно.

Экономия Кербаха (так он называл свое имение) лежала в

самой середине земель села Непогодова. Она клином врезалась в надельную и в усадебную землю крестьян. Даже церковь была охвачена с двух сторон владениями Кербаха. В церковной ограде было двое ворот; из них одни выходили на общую дорогу; другие ворота вели на экономическую землю; они всегда были на запоре.

Сам Кербах редко бывал в этом имении. Он купил его года три назад по случаю, очень дешево. Говорили, что имение на самом деле принадлежит какому-то еврею, а Кербах — только подставное лицо. Всем в экономии заведовал управляющий Лещук, деловитый и бойкий выходец из южных губерний. Мужики часто жаловались на него Кербаху, но безуспешно.

В начале июня сгорела в имении Кербаха рига, в которой сложен был инвентарь. Через день в том же имении сгорела большая каменная конюшня. Погибло несколько лошадей. Еще дня через два одновременно сгорели две дачи. Мужики разбили винную лавку. Перепились. Было радостно, весело и драчливо. Окружили дом Кербаха. Подожгли дом. Дом сгорел дотла. Веселое и жаркое пламя радовало поджигателей. Рояль, зеркала, мебель крестьяне вытащили из усадьбы и разбили на улице.

Поджоги и убийства разливались по всей губернии. Воинской силы было недостаточно. Губернатор посылал в столицу тревожные телеграммы. Ему ответили, что отправлены войска и что наконец едет в Скородож маркиз Телятников, облеченный большою властью.

Маркиза Телятникова уже давно ждали в городе Скородоже с трепетным страхом. Обширная власть и те легенды, которыми окружено было знаменитое имя маркиза, заставляли сердца властителей городских замирать и сердца обывателей наполняли любопытством и ужасом.

Наконец в конце июня маркиз Телятников приехал. Его с большим торжеством встречали на пристани. Собрались все городские и губернские власти, гражданские и воинские, — все в парадных мундирах. Было много суетливости и волнения среди властей.

Маркиз Телятников водворился в губернаторском доме. Он принимал офицеров, чиновников и горожан. Делал визиты.

Все в городе подтянулось.

Глава восемьдесят восьмая

Его светлость, член Государственного совета, сенатор, почетный опекун, генерал-адъютант, генерал от кавалерии, маркиз Эраст Эрастович Телятников был очень старый и очень влиятельный человек. Недавно ему исполнилось сто шестьдесят лет. Он прослужил отечеству и престолу более ста пятидесяти лет и все еще не помышлял об удалении от дел.

Маркиз Телятников был красивый, видный старик с осанкою и приемами старого вельможи. Для своих весьма преклонных лет он превосходно сохранился и казался лет на сто моложе. Каждый день он ел болгарскую простоквашу и выпивал в неделю по две склянки пелевского спермина. Но если всмотреться в него хорошенько, то легко было увидеть, что очень многое в нем искусно подделано.

Правый глаз его блестел как фарфоровый. Зубы все были необычайно белы и ровны. Парик пригнан был великолепно, и превосходно расчесан. Морщины на лице были очень искусно растянуты, и кожа притягивалась пружинками, скрытыми под париком. Этот способ растягивания морщин маркиз Телятников узнал лет семьдесят тому назад от военного министра графа Чернышева. Поэтому до сих пор маркиз сохранял благодарную память об этом государственном деятеле.

Для стройности стана маркиз носил корсет. Походка у него была деревянная. При каждом шаге был слышен отчетливый стук каблуками. Движения маркиза были точны и отчетливы, точно каждый жест выделывался машиною.

Маркиз Телятников родился в 1745 году. Ему было только семь лет, когда его, по обычаю того времени, записали рядовым в Семеновский полк. Первый офицерский чин он получил в 1762 году.

В 1782 году он был произведен в генерал-майоры. Чин генерал-лейтенанта маркиз Телятников получил в 1790 году и в генерал-аншефы был произведен в 1797 году. Сенатором маркиз был с 1793 года, а в 1812 году он был назначен членом Государственного совета.

Министром он был несколько раз и занимал почти все министерские посты. Он отлично справлялся и с финансами, и с путями сообщений, и с народным просвещением, и с военным ведомством, и с ведомством иностранных дел; был не самым плохим министром юстиции и превосходным министром внутренних дел. Чего-чего другого, а уж энергии-то, потребной для этого высокого поста, и непоколебимого бесстрашия было у него хоть отбавляй.

Носимый им титул маркиза был капризом императрицы Екатерины Второй. Эраст Телятников был флигель-адъютантом императрицы и ее фаворитом. Хотя фавор его продолжался только семь недель, но и после того милый маркиз не утратил расположения великой государыни. Когда праздновался пятидесятилетний юбилей его состояния в генеральских чинах, маркиз Телятников получил титул светлости. Но он не пожелал именоваться князем, — остался маркизом из благоговения к памяти великой императрицы.

Среди крестьян, бывших крепостных маркиза Телятникова, сложилось о нем немало диковинных сказаний. Эти сказания распространились далеко. Например, говорили, что маркиз давно уже умер, и даже был похоронен, но вышел из могилы, — земля его не приняла, потому что много на нем смертных грехов. Слух этот пошел, должно быть, оттого, что маркиз Телятников время от времени погружался в глубокий сон, подобный смерти.

Так как, по остроумному выражению одного из лиц очень влиятельных, на Россию надвигалась пугачевщина, то маркиз Телятников, как видевший настоящего Пугачева, был облечен громадными, хотя и не очень определенными полномочиями, и послан в те места, которые казались особенно опасными.

Маркиз Телятников приехал в город Скородож, между прочим, и за тем, чтобы повидать Триродова и поговорить с ним по секрету о новых способах сохранения жизни. Маркиз Телятников думал, что у Триродова есть жизненный эликсир. Поэтому в первый же день велел пригласить к нему Триродова на завтрак.

Триродов посетил маркиза Телятникова. В это время маркиз был очень занят: он просматривал бумаги и, чтобы не заснуть над ними, сосал конфекты, привозимые ему ежедневно из Харькова от Пока. Поэтому он принял Триродова несколько рассеянно, поговорил с ним несколько минут, принимая его то за губернатора, то за прокурора, то за испанского посла, и наконец отпустил, не сказавши, зачем Триродов ему понадобился. Но через два дня, к общему удивлению, маркиз отдал Триродову визит.

На этот раз маркиз Телятников был очень внимателен и благосклонен к Триродову. С большим удовольствием обозрел его дом и любовался видами с высокой башни. Они долго разговаривали. Оказалось, что маркиз знавал многих предков Триродова. В долгом разговоре перебрали всю родословную. Вспоминая прадеда Триродова, маркиз Телятников с видимым удовольствием говорил:

— Я и сам — вольтерианец.

Но сейчас же, вспомнив, что дед Триродова был женат на своей крепостной, маркиз с неодобрением говорил другое:

— Белая и черная кость очень между собою различны.

Триродов сказал:

— Простому народу плохо жилось в дни вашей молодости, ваша светлость.

Маркиз строго спросил:

— А теперь ему хорошо жить?

— И теперь плохо, — сказал Триродов, — а тогда было еще хуже.

Маркиз Телятников возразил:

— Где плохо, а где и хорошо. Умный помещик видел в крестьянине рабочую силу и заботился об его благосостоянии.

Триродов сказал:

— Было среди помещиков много жестоких деспотов и насильников. Страшно читать о их зверствах.

— Да, — согласился маркиз, — были звери. А теперь их нет? Вот эти дамочки свирепые, что одна другую кислотою обливают, глаза друг дружке выжигают, маски свои уродуют, — это не звери? Девку на конюшне выдрать или сопернице навек лицо обезобразить — что слаще?

Триродов сказал:

— Да ведь за это теперь и судят.

Маркиз сделал презрительную гримасу.

— Какой это суд! — сказал он. — Оправдывают. Да и в старые годы не одни помещики — и из крестьян были живодеры. Приказчики, бурмистры, старосты больше утесняли мужика, чем господа природные. А теперь кто жесточе всех бьет? Кто детей да жен смертным боем колотит? Погромы кто устраивает? Кто конокрадов до смерти заколачивает? Мужики. Насильников, правда, надо было раньше обуздать. Но и народ рано освободили, и глупо. Без опеки оставили.

Разорились все.

Маркиз Телятников подумал и вдруг заявил:

— Кормить голодающих — безнравственно.

Триродов спросил с удивлением:

— Почему, ваша светлость?

Маркиз сказал:

— Кормильцы-то эти одною рукой кормят, другою прокламации раздают. Я это строго-настрого запрещу, все эти фармазонские столовые.

Триродов возражал. Маркиз не слушал, — задумался о чем-то. Тогда Триродов заговорил о своем. Сказал:

— Чиновники здешние меня преследуют.

— Чиновники? Я их презираю, — сказал маркиз Телятников.

Триродов рассказал маркизу Телятникову о том, как администрация решила закрыть его школу и приют. Маркиз выслушал и спросил:

— А детей куда?

Триродов пожал плечами и сказал:

— Не знаю.

Маркиз лаконически промолвил:

— Спрошу.

Триродов спросил:

— Может быть, ваша светлость, найдете возможным сказать, чтобы мне разрешили опять открыть эту школу?

Маркиз Телятников, не задумываясь, сказал так же коротко:

— Скажу.

И вставил кстати свое любимое выражение:

— В России все можно. Надо только все доделывать до конца. Я и от своих подчиненных так требую. Не доделает — покараю, переделает — сильно защищу.

Потом маркиз заговорил о жизненном эликсире. Он говорил:

— Умирать не хочется. Я бы еще пожил. Старость — лучшее время жизни. Живи себе да живи.

Триродов обещал изготовить снадобье для продления жизни. Но сказал:

— Должен предупредить, что я не могу поручиться за последствия.

Маркиз полюбопытствовал:

— А какие могут быть последствия?

Триродов не успел найти достаточно приятной формы для ответа, как уже маркиз догадался. Он лукаво подмигнул

Триродову и сказал:

— Прожив с мое, можно и рискнуть. Двух смертей, говорят, не бывает, а одной не миновать.

В тот же день маркиз Телятников вызвал к себе директора народных училищ Дулебова. Спросил его:

— За что вы закрыли школу Триродова?

Дулебов начал было рассказывать. Маркиз не дослушал. Закричал:

— Голышом ходят? И отлично — фанаберий меньше. Теперь всякая мразь на себя нацепит столько, сколько сам со всеми потрохами не стоит.

После недолгого разговора Дулебов вышел от маркиза Телятникова взволнованный и сердитый. Пришлось ему исполнить требование маркиза и написать попечителю учебного округа. Но уже на другое утро пришла от попечителя телеграмма: по желанию маркиза попечитель разрешал вновь открыть школу Триродова.

Милостивое расположение маркиза Телятникова к Триродову вызвало много толков в городе, и весьма подняло престиж Триродова.

В честь маркиза Телятникова Триродов устроил у себя большой бал-маскарад. Он разослал приглашения всем в городе, кто считался принадлежащим к обществу. Срок назначен был для Скородожа довольно поздний — одиннадцать часов вечера.

Стемнело. Взошла луна. Стали сходиться и съезжаться. Все приглашенные пришли, — всем любопытно было увидеть, что таится за высокими стенами триродовской усадьбы.

Приглашенные не знали, что крепки запоры этой усадьбы и что они увидят только то, что хозяин захочет им показать. Да и хозяин не знал, что пускать их все же не следовало. Пусти в дом чужих — и разрушат дом, камня на камне не оставят. Сперва придут — посмотрят, потом придут — разрушат.

Прежде всех приехали из дома Рамеевых — отец, Елисавета и Елена, Петр и Миша Матовы и мисс Гаррисон. Все они были в одинаковых красных домино и в черных полумасках.

Потом стали собираться костюмированные гости из города. Лица у всех были закрыты масками. Все молча под звуки музыки ходили по комнатам, и почему-то всем было жутко.

После других, около полуночи, появились новые гости, еще

более молчаливые, холодные и покойные. Но совсем не печальные. Только очень углубленные сами в себя были они. Это были мертвые. Живые не узнавали их. Жизнь живых в этом городе мало чем отличалась от горения трупов.

Выходцы из кладбища входили в потайную дверь. Они смешивались с другими гостями. Жители Скородожа осматривали каждого из них, принимая их за своих и стараясь угадать, кто это.

Одна Елисавета сразу поняла, кто эти гости. Почуяла запах ладана и тления.

Елисавета подошла к Триродову. Он понял, что ей страшно. Она спросила:

— Кто они, эти?

Триродов спокойно сказал:

— Ты знаешь сама.

Елисавета спросила с укором:

— Зачем ты их позвал?

Триродов сказал:

— Чем эти хуже тех, пришедших из города?

— Но зачем, зачем?

— Я созвал живых, — сказал Триродов, — и они мертвы; и мертвых позвал я, — и они живы не менее живых. И сильнее живых. В наши дни только мертвые владычествуют. Кто хочет узнать живых, должен призвать мертвых.

Елена ничего странного не замечала. После первых минут неловкости ей стало весело. Она танцевала охотно со всеми, кто ее приглашал, с живыми и с мертвыми кавалерами. И те, и другие были одинаково неостроумны.

Петр уныло ходил по залам и жаловался на духоту и на безвкусие костюмов. Встретив двух учителей, Бодеева и Воронка, он принялся ожесточенно спорить с ними, доказывая, что народ хочет не реформ, а душевного очищения.

Две покойные барышни чинно сидели рядышком на стульях и ритмично помахивали кружевными веерами. Елисавета подошла к этим барышням. Спросила:

— Что нарушило ваш покой? Зачем вы сюда пришли?

Они враз ответили:

— Нас позвали.

— Зачем же вы приняли приглашение?

— Нас послали.

— Отчего же вы не танцуете?

— Еще нас не пригласили.

Жербенев, длинный, прямой и важный, заметив, что барышни сидят и не танцуют, подошел к ним и танцевал сперва с одною, потом с другою.

Гремела музыка. Сплетались и расплетались цепи танцующих. Живые разговаривали между собою мертвыми словами, обменивались мертвыми мыслями и делали то, что свойственно мертвецам. Живые были похожи на мертвых, и слова их звучали так же мертво:

— Мне все равно!

— Наплевать!

— Не мое дело.

— У меня белая кость.

— У меня черная, да крепче твоей.

Высокий человек в черном домино откинул с головы капюшон и снял маску — ему стало жарко. Елисавета увидела мрачное, худое лицо с горящими глазами; узнала врача Тумарина, искусного терапевта, большого любителя играть на скрипке. Елисавета подошла к мрачному врачу и спросила:

— Ведь вы, доктор, кажется, живете на одном дворе с полковницею Пилипонкиною?

Густым басом ответил Тумарин:

— Да, уж соседство! Шельма!

— А что? — спросила Елисавета.

Тумарин говорил:

— Пьет, подлая, как сапожник.

Елисавета пожалела вдову Пилипонкину:

— Бедная!

— Тварь! — сказал Тумарин. — Напьется, и ну своих мальчишек розгами драть. Мерзавка!

— А вы не заступитесь? — спросила Елисавета.

Ее мрачный собеседник угрюмо ответил:

— А мне какое дело!

Елисавета с удивлением сказала:

— Ну, как же какое дело! Разве вам не жаль мальчиков?

Тумарин сердито крикнул:

— Мое дело — сторона. Я — не доносчик!

И он поспешно отошел от Елисаветы. Почтовый чиновник, стоявший рядом с Елисаветою, подмигнул на него и сказал:

— Ему некогда — все новые лекарства вычитывает.

Елисавета посмотрела на него внимательно, — живой, знакомый. Он говорил:

— Теперь везде новости, публика реформ требует. И у нас новости — ящики-то почтовые уже не зеленые, а желтые будут.

Жена Триродова первая пришла. Она не прятала своего лица под маскою, как другие, и была она милая и светлая. Как легкий воздух небытия легка была ее белая одежда.

Елисавета узнала ее. Они говорили долго.

А другие мертвые были так же страшны, как и живые. И так же порою были странны и жутки их встречи. Вспыхивала порою меж ними старая вражда, — но уже бессильная. И любовь, утешая, зажигалась порой, — но бессильна была и любовь.

Мертвые разговаривали в тон живым. Между живыми и мертвыми не было отчуждения. Понимали друг друга и сочувствовали. Большая успокоенность, пристроенность и довольство мертвых вызывали зависть живых.

— У меня место покойное.

— А вот я все не могу устроиться.

Молодой купец Водя Леев выискивал из замаскированных тех, которые казались ему незнакомыми и молодыми, но приличными и любящими выпить. Он объяснял им свои достоинства и усердно упрашивал молодых покойников:

— Сделайте мне визит, убедительно вас прошу. Мой адрес — Косынкин тупик, собственный дом Владимира Епифановича Леева.

Водя Леев любил принимать гостей.

Маркиз Телятников узнал многих своих давно покойных друзей. Для них он пел старые романсы. Старческий голос его был еще силен и довольно приятен. Триродов несколько раз уговаривал его поберечь свое здоровье. Но маркиз, радуясь встрече с друзьями, восклицал:

— Я на сто лет помолодел!

Высокий старик в черном балахоне, из-под которого виднелись сапоги со шпорами, и в бархатной черной полумаске, подошел к Глафире Павловне Конопацкой. Спросил ее:

— Ну, что, Глафира, как поживаешь? Все по-прежнему мила? Все по-прежнему порхаешь?

Глафира Павловна вздрогнула от какого-то жуткого чувства.

Вслушалась в слова своего собеседника. Сказала:

— Что-то знакомый голос. Точь-в-точь мой покойничек муж.

Покойный генерал Конопацкий ответил:

— Это я и есть.

Глафира Павловна принужденно засмеялась. Хлопнула покойника веером по плечу. Воскликнула с приемами стареющей шалуньи:

— Ха-ха! Шутник! Да разве вы его знали?

Надежда Вещезерова, проходя мимо, сняла маску и сказала:

— Да это он сам и есть.

Конопацкая сердито проворчала:

— Дерзкая девчонка.

Посреди маскарада Триродов куда-то исчез. Все изменилось. Все стало призрачно, и тускло, и бездушно. И свет свеч словно поблек. Музыка звучала глухо, и танцующие двигались медленно. Елисавете стало страшно.

Рассказы мертвых развлекли ее.

Мертвый рассказывал историю своей болезни.

— И тогда я умер, — сказал он.

Вокруг смеялись.

Конец маскарада был очень странен и напугал многих.

Маркиз Телятников собирался петь тридцать третий раз. Триродов подошел к нему и сказал настойчиво:

— Ваша светлость, вам положительно вредно так утомляться.

Маркиз зашипел от злости.

— Я должен спеть для очаровательной графини по крайней мере еще один романс.

Графиня, когда-то очаровательная, кокетливо улыбалась. Ее поблекшее лицо было все еще мило, и покрытые морщинками руки двигались томно и грациозно, колебля белый веер. От ее обаятельных взоров маркиз таял.

Он дребезжащим голосом запел романс, — и вдруг погиб маркиз, рассыпался. Куча серого песка, шурша, осыпалась на том месте, где за минуту до того стоял маркиз. Это было так неожиданно, что не все далее успели испугаться. Иные подумали, что это — чей-то ловкий фокус, — и засмеялись.

Новый исправник быстро сообразил, что произошло событие исключительной важности. Он свирепо закричал:

— Что за беспорядок! Что это у вас делается, господин Триродов? Потрудитесь немедленно же прекратить это безобразие.

— Маркиз рассыпался, — говорил кто-то.

— Протокол! — раздался чей-то крик.

Триродов сказал спокойно:

— Маркиз умер естественною смертью. Конечно, это очень прискорбно, но в почтенном возрасте маркиза вполне естественно. Я предупреждал маркиза, что ему вредно так утомляться.

Исправник смотрел на него свирепо и кричал:

— Это вы называете естественною смертью? Но мы разберем, чем вы его разорвали. Не извольте думать, что вы один химик. И кроме вас химики и физики найдутся и ученые метафизики и алхимики. Эксперты сумеют добраться до первопричины всех причин, не извольте вам беспокоиться.

Появилась вдруг целая толпа полицейских. Составили протокол.

Гости быстро разошлись. Только мертвые не уходили. Их час покоя еще не настал. Они толпились по углам и шушукались шелестинными голосами. И, наблюдая за ними, осталось несколько шпионов. Думали, что эти запоздавшие злоумышляют и что надобно выследить их, узнать их адресы. Но на этот раз шпионы были одурачены, — последние гости сумели уйти незаметно.

Глава восемьдесят девятая

В европейских газетах появился длинный ряд насмешливых заметок и статей о кандидатуре Георгия Триродова на престол Соединенных Островов. Парижские фельетонисты со свойственным им легким и бойким пустословием пустили в ход несколько почти забавных острот о Георгии Триродове, годных на то, чтобы их повторяли на бульварах.

Потом появился целый ряд карикатур на Триродова. Рисунок Леандра перепечатали во многих газетах. Об этом рисунке было много разговоров. Триродов был изображен похоже, но очень уродливо: тощий вырожденец, с голою головою, со впалыми щеками, с криво торчащим на носу пенсне. Этот рисунок был для Триродова недурною рекламою, — европейская цивилизация уже приучила людей думать, что ценно только забавное и смешное и что все серьезное скучно и ненужно.

В венском юмористическом журнальчике изображен был Триродов, стоящий перед письменным столом редактора русской газеты. У Триродова было красное пьяное лицо. На нем были высокие смазные сапоги, красная кумачовая рубаха и высокая мерлушковая шапка. Редактор смотрел на Триродова с величайшим удивлением. Под рисунком был, напечатан диалог:

Редактор. — Какой вы желаете получить гонорар за ваши стихи?

Поэт. — По короне за строчку.

У немцев из этого выходил каламбур.

Триродов сделался очень популярен. Имя его повторялось так же часто, как имя осужденной недавно женщины, которая подговорила своего нового любовника убить своего бывшего любовника.

На всю Европу поднялся неистовый гам. Выступление Триродова стало очередным скандалом дня, как в ресторанах бывает дежурное блюдо по сезону. В маленьких театриках и в кабачках распевались песенки о Триродове и ставились фарсы, где фигурировал Триродов, иногда один, а иногда и вместе с нашумевшим незадолго до того императором Сахары. Сравнивали и находили, что Триродов интереснее и забавнее.

В газетных листках тема о Триродове стала каждодневною.

Три парижские драматурга проворно написали глупый, но смешной фарс о Триродове; этот фарс шел ежедневно два года подряд и обогатил авторов. Немецкий популярный композитор написал оперетку, где главным действующим лицом был Триродов.

По странному капризу надменного чувства, жителям государства Соединенных Островов не понравились насмешки над человеком, пожелавшим занять их престол. Эти насмешки даже оскорбили многих.

Социалистическая газета умеренного толка «Труды и Дни» приняла вызов европейской печати. Редактор этой газеты был возмущен наглостью европейских журналистов. Он поместил большую, горячую статью за Георгия Триродова. «Труды и Дни» писали:

«Понимают ли европейские журналисты, люди пера, люди личного труда, над чем и над кем они смеются? Над тем, что один из их цеха, один из работников печати, один из служителей царственной мысли и державной мечты выступил притязать на королевский престол? В таком случае, не вправе ли мы сказать, что эти странные люди смеются сами над собою? Не слышится ли в их насмешках общего их признания в том, что мы все, не происходящие от венчанных глав, составляем низшую, худшую породу людей?»

По этому поводу газета припоминала анекдот о камергере. Некий камергер, услышав рассказ о любовной связи принцессы с дворянином, сказал:

— Я не могу этому поверить. Это было бы противоестественно.

— Почему? — спросили его.

— Потому, — отвечал камергер, — что для принцессы это то же, что для нас скотоложство.

«Вы, буржуа и аристократы, — говорилось дальше в этой статье, — хотите подать свои голоса за принца Танкреда, честолюбивого авантюриста, готового вовлечь нашу страну во все жестокие бедствия войны. Это — ваше дело и ваше несомненное право. Но уж если надо, чтобы еще некоторое время наши Острова носили титул королевства и чтобы некоторые бумаги подписывал человек, именуемый королем, то мы предпочтем выбрать на эту высокую должность Георгия Триродова, литератора, человека без державных предков, такого же, как и каждый из нас».

Этою статьею редакция «Трудов и Дней» первая начала агитацию за Георгия Триродова.

В центральном комитете социалистов был долгий разговор о Триродове. Ввиду привычки значительной части народа к монархическим идеям, возник вопрос, не будет ли для социал-демократии избрание Георгия Триродова меньшим из зол. Социал-демократы начали серьезно обсуждать свое отношение к кандидатуре Георгия Триродова. Они решили наконец завязать личные сношения с Триродовым.

В журнале Филиппа Меччио появилось несколько писем Триродова в ответ на запросы нескольких пальмских общественных деятелей. Крупная буржуазия увидела в Триродове своего врага. Европейская демократия начинала ему сочувствовать. Мечтательные дамы и барышни им заинтересовались.

В продаже появились портреты Георгия Триродова. Потом стали продаваться медальоны с его портретом. На разных языках печатались переводы его книг. Это еще более привлекло к нему внимание читающей части публики — молодежи и дам.

Агитация за Триродова разгоралась. Буржуазная же пресса жестоко обрушивалась на Триродова и на его защитников.

Первый министр ни разу не высказал своего мнения о кандидатуре Триродова. Его настойчиво, но напрасно спрашивали об этом. Когда Виктор Лорена находил, что необходимо ответить, он отвечал многословно, но неопределенно. Он говорил:

— Обязанность главы правительства во время междуцарствия вполне ясна. Он перестает быть только министром, он в себе олицетворяет внепартийного блюстителя конституции. Народ изберет себе короля. Перед народным избранием мы все преклонимся, потому что это будет свободное изъявление народной воли. Каждый из нас подаст свой голос. Мы же, стоящие у власти, не дадим повода сказать, что произвели давление на совесть и на волю избирателей.

Своей жене Виктор Лорена говорил:

— Георгий Триродов для нас выгоднее, чем принц Танкред, потому что у Танкреда сильные связи, а у Георгия Триродова одни только фантазии. Как я и предполагал с самого начала, за Триродовым никто не стоит. Даже и не понимаю, как могла у многих возникнуть мысль, что его кто-то поддерживает. Люди, которых кто-нибудь выдвигает, не станут сами писать письма о своем желании быть выбранными. Никого за ним нет, и весь смысл его появления в том, чтобы сбить с места принца Танкреда. А затем мы его преспокойно уберем, этого русского поэта.

Из заграничных газет и из телеграмм «собственных корреспондентов» в русские газеты узнали и в России о том, что Триродов выступил кандидатом на свободный престол Соединенных Островов. Печать в России говорила о затее Триродова с диким глумлением. Русские газеты и журналы, казалось, старались в брани и в насмешках над Триродовым превзойти заграничные органы печати. Разница была только в том, что за границей старались придумать насмешки поостроумнее, в России же просто истощали богатые запасы бранных выражений. Как всегда о литераторах в России и теперь Триродова поносили так, как не поносили бы его, если бы он совершил десятки гнуснейших преступлений.

Общество в России осуждало эту кандидатуру Триродова с тупым недоумением и со злостью. С насмешкою и с презрением говорили:

— С чего это он выдумал?

— С какой это стороны он похож на короля?

— Он командовать ротою не сумеет, — какой же он король?

— Разве он женат на принцессе?

— Он воображает, что быть королем легче, чем читать лекции и писать стихи.

— И почему же именно он вдруг выскочил?

— Самолюбие дурацкое в нем заговорило.

— Это он привык над своими ребятами командовать, думает — самое простое дело сидеть да распоряжаться.

— Просто рекламу себе захотел сделать. Видит, что никто не читает его чепушистых стихов, — дай, думает, я выкину штуку, чтобы все на меня обратили внимание.

Люди уж очень завистливые говорили:

— Этак и всякий может.

— Особенно у кого генеральский чин.

— Или большие деньги.

— Или сильная протекция.

— А я чем хуже?

Очаровательная Иеремия Загогулина говорила мужу:

— Дурак, зеваешь. Тебя все знают, а его никто. А теперь его все будут знать, а ты сидишь, молчишь, ничего не делаешь. Хоть бы в албанские короли попытался или к малисорам в воеводы. Ездил же Гучков к бурам! А у тебя и борода чернее, и сюртук сидит лучше, и лицо преступное, и глаза порочные, и все это пропадает даром.

Узнали, конечно, и в Скородоже о том, что Георгий Сергеевич Триродов заявил притязания на королевскую корону. Одни тупо дивились, другие смеялись, третьи сердились. Многие почему-то ужасались дерзости Триродова.

Почтовый чиновник Канский, принимавший заказное письмо Триродова к Виктору Лорена, несколько недель ходил сам не свой. Он был уверен, что его и его жену выгонят со службы. Товарищи смотрели на него с суровым презрением. Начальник почтовой конторы, очень добрый человек, думал о нем с грустью, покачивал головою и шептал:

— Жаль, жаль! Хороший чиновник, исполнительный. Жена, дети! Что поделаешь! От сумы да от тюрьмы никто не отрекайся.

Бойкая почтовая барышня, сидевшая у продажи марок, в нарядной блузке, причесанная модно, с быстрыми глазками и со звонким тонким голоском, прозвала горемыку королевским почтмейстером. Кличка принялась, и бедняга не смел обижаться. Скоро уже и в городе все знали королевского почтмейстера.

Жена королевского почтмейстера, телеграфиста, плакала с раннего утра до поздней ночи, даже и на дежурствах. Лицо у нее распухло от слез, и нос на всю жизнь остался красным. Она говорила мужу:

— Пропала твоя головушка из-за этого аспида. И меня, и детей пустишь по миру. Ох, горе мое горькое! Да и на людей-то я не глядела бы! И зачем я с тобою детей наплодила! И для чего я за тебя замуж выходила! Лучше бы мне и на свет не рожаться!

Дети королевского почтмейстера, девочка и мальчик, сначала были по-прежнему беспечны и шаловливы. Их мать пришла от этого в ужас:

— В доме такое горе, а вы в гулючки играете! Да хорошие бы дети на вашем месте, видя, как отец с матерью убиваются, никогда бы не усмехнулися. Да хорошие бы дети слезами обливались, а мои-то ироды злосчастные!

И она нещадно колотила и девчонку, и мальчишку. Детишки притихли. Они живо похудели, стали дикими и взъерошенными. На дворе они жались в сторону от других детей, да и на двор их выпускали редко. Дома они сидели на стульях рядышком, молча, вытаращив ошалелые глазенки, вытянув вперед ножонки. Стоптанные башмачки порою сваливались на пол с их исхудалых ножонок. Мать глядела на них и плакала.

Не вытерпев всего этого горя, королевский почтмейстер задумал утопиться. С мужеством отчаяния решился он перед смертью просить у начальства какой-нибудь милости для жены и для детей. Он пошел к начальнику почтово-телеграфного округа и повинился в своем поступке.

Моложавый, веселый господин в форменном сюртуке с коваными погонами, на которых красовалось по две крупные звездочки из блесток, выслушав рассказ королевского почтмейстера, долго смеялся. Он сказал:

— Какой вы наивный, господин Канский! За это вам ничего не может быть. Вы так же мало ответственны за это, как почтовый ящик, в который опускают письма. Идите с миром и ничего не бойтесь.

В тот вечер в доме королевского почтмейстера было великое ликование. Позвали гостей, сделали ужин, до утра играли в карты. Пришел сам начальник почтово-телеграфной конторы. Над королевским почтмейстером дружелюбно подшучивали. Сам же он до того осмелел, что когда изобретательница его титула позвала его зачем-то:

— Эй, вы, королевский почтмейстер!

То он ответил ей:

— А ты — почтовая стрекоза.

И все очень много смеялись этому, и с того вечера бойкая барышня стала именоваться почтовою стрекозою, на что она и не сердилась.

Глава девяностая

Знакомые Триродова, со свойственною жителям Скородожа грубою откровенностью, подсмеивались над Триродовым прямо в глаза. Говорили ему со злыми усмешечками:

— Королем будете, так меня министром назначьте.

— А меня смотрителем дворца.

— А мне дайте какую-нибудь тепленькую должность, где можно руки погреть.

Триродов холодно улыбался и спокойно отшучивался.

Друзья Триродова были смущены этою кандидатурою и всячески старались отговорить его.

Много разговоров на эту тему пришлось Триродову вести с Рамеевым.

Кирша говорил отцу:

— Когда тебя выберут королем, ты все здешнее оставишь? Как же так?

Триродов улыбался и говорил:

— Разве ты, Кирша, не знаешь, что у человека на земле нет и не может быть прочного дома?

Елисавета говорила Елене:

— Не жду я добра от этой его затеи.

Елена советовала:

— А ты его отговори.

Елисавета печально говорила:

— Теперь уже поздно.

Но мечты о счастливой природе Островов, как дальнее милое воспоминание, все чаще и чаще соблазняли ее. Малый рассудок ее тщетно боролся с великим разумом, голосом непреклонной судьбы.

Русские власти долго не могли решить, как следует отнестись к кандидатуре Триродова. Пока стали наводить справки. Началась длинная переписка, — секретная, конечно. Завязалась и дипломатическая переписка. Тогда решили, что надо попытаться прекратить скандал в самом начале.

К Триродову командировали для объяснений скородожского вице-губернатора, который к тому времени оправился от ран. Он был на очень хорошем счету, и его не назначали еще пока губернатором только потому, что, считая его выдающимся администратором, не хотели совать на первую открывшуюся вакансию.

Вице-губернатор боялся ехать мимо тех кустов, из которых в него стреляли. Поэтому он отправился к Триродову по реке, в моторной лодке, окруженный вооруженными полицейскими.

И вот, Ардальон Борисович сидел в гостиной Триродова и смотрел на Триродова с тупою важностью. Золотая оправа его очков блестела, щеки были румяны, как прежде, и только на голове кое-где видны были белые волоски. Он важно спрашивал:

— На каком основании вы изволили выставить вашу кандидатуру на королевский престол?

Триродову было скучно и досадно вести этот совершенно ненужный разговор. Хотелось поскорее кончить его. Резко и холодно он спросил:

— А вам-то что, Ардальон Борисович?

— Надо было испросить надлежащее разрешение, — сказал вице-губернатор.

Он говорил это с такою забавною серьезностью, что Триродов невольно улыбнулся. Он возразил:

— Нет, Ардальон Борисович, в этом не было никакой надобности.

Вице-губернатор важно и тупо говорил:

— Как же это вы говорите, что нет надобности! Это вы вздор

говорите. Спрашивать разрешение всегда и на все надобно. Всякий станет делать, что захочет, так никакого порядка не будет. Вы вводите правительства в затруднение.

— Не вижу, какое тут затруднение для правительства, — возразил Триродов.

— Международный вопрос, — сказал вице-губернатор.

На его угрюмом лице отразился какой-то странный страх. Он говорил важно и уныло:

— Вы тут петли путаете, а там распутывать приходится. Вы не знаете политики, думаете, что все пустячки. Так нельзя. И без вас забот много. Публика волнуется. Адвокаты разные партии придумывают, нелегальные, тоже без разрешения хотят. Революционеры заставляют рабочих бастовать, а не то, говорят, мы ваши семьи вырежем. Рабочие и не хотят, да бастуют. Крестьянам тоже все земли мало. Да еще все в короли захотят, так нам житья не будет.

Триродов молчал и рассеянно глядел в окно. Вице-губернатор, помолчав немного, сердито сказал:

— Мы объявим, что вы действуете на свой страх.

Триродов холодно возразил:

— Это — ваше дело. Притом же это будет согласно с истиною. Вам сразу же поверят.

Вице-губернатор говорил угрюмо:

— В случае чего, вы не рассчитывайте на нас. Правительство вас не поддержит. Заварили кашу, сами и расхлебывайте.

Триродов холодно возразил:

— Я не прошу и не ищу ничьей поддержки.

— Вы должны понимать, — говорил вице-губернатор, — что вы не имеете никакого права. Это — дело государственное.

Триродов сказал с улыбкою:

— Государственное, это верно, — да только не нашего государства. Имею я право или нет, — уж в этом разберется население Соединенных Островов. Если окажется надобность, так дипломаты и юристы разберутся в том, что мне и другим следует сделать.

Вице-губернатор угрюмо сказал:

— Мы от вас отберем подписку, что вы обязуетесь прекратить эту вашу агитацию.

Триродов посмотрел на него с удивлением. Сказал улыбаясь:

— Как же это вы отберете? Я вам не дам такой подписки.

— Вы обязаны дать.

— Да не дам.

— Ну, так мы вас вышлем из России.

Триродов возразил:

— Это мне ничуть не помешает.

Вице-губернатор встал. Сказал очень сердито:

— Ну, прощайте. Я вам сказал, что надо. Будете упорствовать, вам же хуже будет.

Триродов весело засмеялся. Сказал:

— Как, Ардальон Борисович, вы уже кончили? Это и все? За тем вас ко мне и посылали?

Вице-губернатор спросил:

— А что же еще?

Триродов говорил:

— Вашею целью было убедить меня отказаться от этой кандидатуры, не так ли? Убедить, не правда ли? Но я ведь не слышал от вас ни одного аргумента убедительного. А может быть, я бы и согласился бы с вами, если бы вы сумели меня убедить. Ведь вы — бывший педагог, стало быть, должны владеть искусством убеждения. Попробуйте.

И Триродов опять засмеялся. Вице-губернатор сердито закричал:

— Вы не имеете права надо мною смеяться! С вами говорит не какой-нибудь щелкопер, а скородожский вице-губернатор, действительный статский советник Передонов! Я вам дело говорю, а на аргументы мне наплевать. За мною не аргументы, а высокий авторитет власти, — непреложный авторитет.

Лицо Триродова опечалилось. Он тихо сказал:

— Авторитет власти должен иметь разумные основания. Власть, не умеющая себя оправдывать, не должна существовать.

Вице-губернатор покраснел от злости. Он рычал свирепо:

— Разумных оснований захотели? Власть опирается на силу — вы это слышали? О волевых импульсах слышали? Кузькину мать знаете? Власть — этим все сказано. Нет, серьезно вам говорю, бросьте эту вашу затею. А пока имею честь кланяться. Мне разводить аргументы некогда, я не химик и не ботаник.

Вице-губернатор торопливо сунул руку Триродову и быстро вышел.

Наконец влиятельные члены демократического кружка, группирующегося вокруг редакции «Труды и Дни», решительно высказались за то, чтобы кандидатура Георгия Триродова была поставлена. Этим они увлекли и других. Многие повторяли слова доктора Эдмонда Негри:

— Как в древности поэты требовали себе лаврового венца, так этот смелый человек потребовал себе короны.

Некоторые из социал-демократов выразили принципиальное согласие не противиться этой кандидатуре. Другие говорили, что надобно ознакомиться с Триродовым более обстоятельно.

И скоро уже осталось только две партии. Аристократия, аграрии, капиталисты, крупная буржуазия стояли за принца Танкреда. Все демократические партии решили поддерживать кандидатуру Георгия Триродова. Здесь думали, что несменяемый король обойдется народу не дороже президента республики, а так как за ним не будет стоять партия, из среды которой выходит президент, то его власть будет совершенно призрачна, и все его значение сведется к представительству и к подписыванию бумаг.

В некоторых местностях возникла мысль выбрать королем Филиппо Меччио. При его популярности он, по всей вероятности, был бы избран.

Афра уговаривала Филиппа Меччио согласиться. Но он решительно отказался. Он говорил:

— Мое прошлое меня обязывает. Пусть надевает на себя корону этот русский поэт, для которого мечта краше убеждений. Дело моей жизни — работать над уничтожением в человечестве самой воли к власти.

Афра сказала:

— Но ведь того же хочет и этот русский, если верить его письмам.

Филиппо Меччио воскликнул:

— Византийское лукавство! Я не хочу, чтобы меня могли упрекнуть в этом.

Популярность Георгия Триродова возрастала неожиданно быстро.

Скоро Виктор Лорена стал догадываться, что его расчеты, связанные с кандидатурою Георгия Триродова, оказались ошибочными. Он говорил жене, досадливо морщась:

— Кажется, я выпустил беса себе на беду, — на беду нам всем, кому дороги священные принципы свободы, равенства и братства. Оппозиция, боюсь, перехитрила меня. Они не боятся короля, у которого нет никаких корней в стране, и рассчитывают вертеть им, как хотят. Отказавшись же от республики и выставивши со своей стороны кандидата в короли, они думают уловить в свои сети все это колеблющееся большинство, для, которого и Танкред, и республика одинаково неприятны, но которое голосовало бы, волей-неволей, за Танкреда. Боюсь, что с этим коварным планом будет нам много возни и неприятных хлопот.

И уже Виктор Лорена стал раскаиваться в том, что не бросил тогда под стол первого письма от Георгия Триродова.

Принц Танкред, подобно многим, сначала потешался над внезапною кандидатурою Георгия Триродова. Он думал, что это — глупая выходка, не имеющая никаких шансов на успех, и что Виктор Лорена опубликовал письмо Триродова напрасно. Он говорил своим друзьям:

— Возбуждать смех по поводу избрания в короли бестактно. Это дискредитирует монархическую идею. Виктор Лорена — сущий мещанин, и, при всех своих достоинствах, кое-чего не способен понять.

Но мало-помалу принца Танкреда начала беспокоить агитация за Триродова. Скоро уже самое имя Георгия Триродова приводило его в раздражение.

Наконец, после одного шумного митинга в Пальме, на котором была принята резолюция за Георгия Триродова, принц Танкред посетил Виктора Лорена. Видно было, что принц сильно раздражен. Он осыпал Виктора Лорена упреками. Говорил сердито:

— Вы придумали какого-то выскочку. Совершенно не понимаю, для чего! Я нахожу это бесцельное возбуждение умов совершенно неуместным.

Виктор Лорена холодно ответил:

— Ваше высочество, вы ко мне несправедливы. Я никогда ни полслова не слышал об этом Георгии Триродове. Для меня он и до сих пор такой же таинственный незнакомец, как и для всей Европы.

Виктору Лорена было досадно. Он находил, что принц Танкред чрезмерно надеется на свое избрание. Кроме того, Виктору Лорена не нравилась та организация интриг и шпионства, которою окружил себя принц Танкред.

Кандидатура Триродова, самовольно поставленная им, все более не нравилась и в столице. Министерство боялось осложнений с другими державами из-за Триродова. Министр иностранных дел был озабочен тем, что думают министры других государств. Он послал им письма, где очень красноречиво объяснял, что правительство совершенно не причастно к этой авантюре.

Появилось и правительственное сообщение в том же смысле.

Глава девяносто первая

Центральный комитет пальмской социал-демократической партии вошел в переписку с Триродовым. Началась эта переписка тем, что обратились к Триродову с письменным запросом. Письмо было составлено сообща с синдикалистами. Редакция его вызвала большие споры, но наконец сошлись.

Вслед за тем письма Триродова по разным вопросам стали появляться в «Трудах и Днях». Триродов определенно высказывался за социализацию земли, жилищ и орудий производства; говорил о тех реформах, которые, по его мнению, должны быть произведены в первую очередь.

Шансы на избрание Георгия Триродова становились все серьезнее. Печать переменила тон. Уже богатые буржуа переставали давать деньги на агитацию за принца Танкреда.

Буржуазия давно уже возмущалась любовными похождениями Танкреда. И даже не этими похождениями, а их огласкою. Лицемерные буржуа, больше всего дорожившие внешними приличиями, находили, что безнравственность принца особенно сказывается в его нежелании окружить полною тайною свои похождения. Они думали и говорили так:

— В своей частной жизни делай, что хочешь. Но если тайны личной жизни делать достоянием улицы, то это уже скандал и оскорбление добрых нравов. И, кроме того, это показывает, что нисколько не дорожат нашим мнением.

Значительная часть буржуазии стала склоняться к мысли избрать королем Георгия Триродова. В этой среде стали думать, что иностранец, незнакомый с местными делами и отношениями, не будет влиятелен и что его правление будет ничем не отличаться от республики.

Провозгласить республику не хотелось осторожным буржуа, — монархические привычки были еще сильны в обществе и в народе, и республика была бы, пожалуй, непрочною формою правления. Но уж если надо из двух зол выбирать меньшее, то Георгий Триродов казался безопаснее, чем властный, честолюбивый и влиятельный принц Танкред. Планы же Георгия Триродова казались тем более безопасны и неосуществимы, чем они были радикальнее.

Под влиянием таких соображений усилились разговоры о любовных похождениях принца Танкреда. Прежде буржуазия поощряла распространение в народе листков и брошюрок с восхвалениями принца Танкреда. Теперь из той же среды пролились в села и в города памфлеты против принца с описаниями его любовных авантюр. И в народе заговорили о безнравственности принца Танкреда. Дурному охотно верят, даже и тогда, если это правда (хотя охотнее люди верят лжи).

Стал изменяться и тон европейской печати.

В Пальме и в других городах назначены были митинги для обсуждения кандидатуры Георгия Триродова. Произносились речи за Триродова и против него. Наконец официально была поставлена кандидатура Георгия Триродова комитетом пальмских граждан.

Принц Танкред был в бешенстве. Грозил Виктору Лорена, что уедет из Пальмы, и пусть выбирают, кого хотят. Виктор Лорена пожимал плечами и говорил:

— Что же я могу сделать! Все равно, этот кандидат не имеет никаких шансов, и державы его не признают.

Филиппо Меччио от социалистов и Эдмондо Негри от синдикалистов, каждый с двумя товарищами, поехали к Триродову.

Россия произвела на них сильное и смешанное впечатление. После Парижа Петербург казался великолепным и просторным, но все же глухим захолустьем, населенным грубыми мужиками и бабами.

Летом Триродов и Елисавета венчались в церкви около села Просяные Поляны. Их венчал священник Закрасин.

Он говорил не то грустно, не то радостно:

— Последнюю свадьбу венчаю.

Ему приходилось «снять сан», — епископ Пелагий объявил ему, что чаша его долготерпения истощилась.

Когда уже собирались выходить из церкви, началась гроза. Триродов и Елисавета остановились в дверях храма и смотрели на великолепную картину стремительной грозы. Глядя при беглом фиолетовом озарении молний на побледневшее лицо Елисаветы, Триродов сказал:

— Гроза предвещает нам бурное будущее.

Елисавета сказала:

— Голосами бурь говорит тот, кто не любит безмятежного счастия, кто не хочет его для людей.

В это время послышалось быстро приближающееся, мокрое по лужам дребезжание колес, и из-за поворота дороги показалась бричка. Возница, безусый испуганный паренек в желтой куртке и блестящей от дождя шапке, нещадно хлестал пару своих мохнатых лошадок. В повозке сидел, подпрыгивая и сгибаясь под большим черным зонтиком, священник. С зонтика лились, отгибаясь по ветру назад, серебристо-серые струи воды.

За бричкою так же бешено неслась телега, из которой торчали во все стороны мокрые бороды, бурые руки и смазные сапоги. Слышались, разрываемые ветром, сердитые крики.

Бричка остановилась у паперти. Священник проворно выскочил и взбегал по ступеням, как-то вприсядку отряхиваясь. Лицо его было бледно от страха.

Это был здешний священник, отец Матвей Часословский. Он бормотал, здороваясь с Триродовым:

— Темнота народная. Еле душу спас.

Подкатила и телега. Мужики, слегка подвыпившие, вывалились из нее, шлепнувшись прямо в лужу. Они смотрели с досадою и с недоумением на отца Матвея и ругали то отца Матвея, то свою лошадь, которая тяжело водила мокрыми боками. Один из мужиков, весь серый, говорил:

— Ну, счастлив ты, батя! Здорово бы мы тебя взлупили. Накось, что вздумал, — под нового царя подписывать захотел!

Отец Матвей говорил дрожащим голосом:

— Неразумные! Я вам верноподданнический адрес давал подписать, государю.

Мужики смеялись. Их оратор говорил:

— Брешешь, батя. Мужик сер, да разум у него не волк съел. Ты с господами заодно. Хотел подписать нас под нового царя, который нам земли не даст.

Отец Матвей уговаривал их:

— Братцы, да вы в бумагу посмотрите, чье имя там.

Мужики смеялись.

— Бумага твоя нам ни к чему, мы ее разорвали, а ты нас не

обманешь.

Отец Матвей держался за церковную дверь. Старый мужик сказал:

— Ну, мы тебя попугали довольно, а трогать тебя не будем. В поле не догнали, твое счастье, а в церкви не тронем. Иди, служи нам молебен.

Шум, поднятый около имени Триродова, заставил обвинительную власть обратить на Триродова особенное внимание. Прокурор окружного суда с ожесточением говорил:

— В короли захотел, — а вот мы его в тюрьму сначала посадим.

Благосклонность маркиза Телятникова смутила его; но когда маркиз рассыпался, над головою Триродова опять стали собираться тучи. Прежде всего началось дело из-за самовольного разрытия могилы. В то же время возникли против Триродова и другие обвинения. Следователь Кропин стал подозревать Триродова в убийстве исправника, и не сомневался, что он виновен и в разрушении маркиза Телятникова. В этих подозрениях укрепляли его показания Острова.

Судебный следователь Кропин был худой, маленький, черный, с лохматыми волосами. Он сильно заикался. Может быть, оттого он был такой злой. У него были злые глаза, маленькие и острые. Он любил выпить, и пил только водку. Остальные вина он находил для себя слишком крепкими.

Кропин с наслаждением подбирал улики против Триродова. Так как не Триродов убил исправника, то и улики были вздорные. Но Кропину казалось, что их совокупность составит нерасторжимую цепь.

Кропин с величайшим удовольствием немедленно взял бы Триродова под стражу, но прокурор сказал ему:

— Ввиду всех этих обстоятельств необходимо соблюдать крайнюю осторожность.

Кропин пригласил Острова к себе во время своего завтрака. Сам много пил водки, и Острова напоил, — чтобы выведать сведения о прежней жизни Триродова.

Остров уверял:

— Господин Триродов химию досконально знают. Сделать из человека горсточку пепла им нечего не составляет.

Но как Триродов это делает и кого уже он испепелил, этого Остров не мог сказать. Очень хотелось ему рассказать про

Матова, да боялся сам запутаться.

Случилось так, что свидетелями против Триродова были и другие святотатцы.

Утром в начале августа Триродов принимал депутацию из Пальмы — социал-демократы и синдикалисты. Они приехали еще с вечера и по заранее посланному Триродовым приглашению остановились в его доме.

Вот наконец мечта становилась к осуществлению! Жуткий восторг томил Триродова. Какая радость — приводить свои фантазии в исполнение!

Был любезный и весёлый разговор, конечно, по-французски. Французская речь живо напоминала Триродову дни его жизни в Париже, — жизни милой, как все прошлое.

Триродов и его гости взаимно выпытывали друг друга. После долгого разговора Триродов и его гости обменялись наконец формальными обязательствами. Филиппо Меччио и его спутники дали Триродову от имени своих партий обязательство голосовать за него.

Впечатления Триродова от этих людей, кроме Филиппа Меччио, однако, не были приятны. Они не понравились ему своею излишнею живостью, своими преувеличенными жестами. Он думал, что в них нет способности управлять государством, что из них разве только один Филиппо Меччио может быть министром. За их жестами и риторикою не чувствовалось той спокойной и холодной твердости, которая отличает австралийских министров из рабочих. Правда, из его гостей никто и не был настоящим рабочим.

Сам Филиппо Меччио показался Триродову более оратором, чем практическим деятелем, более критиком, чем созидателем. Триродов думал, что во главе правительства он может стоять только в переходные эпохи.

Впечатления гостей были смутны и неопределенны. Триродова они нашли слишком сдержанным и надменным человеком.

Филиппо Меччио говорил о Триродове своим спутникам:

— Он импонирует, но его глаза обличают пресыщенную душу, мечтательный и анализирующий ум. Едва ли он годен и склонен для практической деятельности. Но, может быть, тем и лучше. Это будет носитель призрачной власти с уже умерщвленною волею к владычеству.

Елисавета очаровала гостей. Кирша не обнаруживал никаких

странностей, вел себя, как всякий средний ребенок его лет, и показался гостям умным и милым мальчиком.

Пальмские гости уехали вечером.

Ночью Елисавета сидела у Триродова. Читали. Поговорили. Замолчали. Елисавета спросила:

— Ты ждешь чего-то?

Его лицо не умело скрывать. Оно не изменяло выражения каждую секунду, но точно отражало общую окраску его души. Триродов знал о том, что у него нынче будет обыск. С брезгливою миною сказал он Елисавете:

— Сейчас ко мне придут полицейские, обыскивать.

— Ты об этом знаешь? — спросила Елисавета.

— Да, — сказал Триродов. — Я это знаю каким-то странным способом. Мои тихие дети все знают. Они невинны, не живут, и потому знают. Глаза их не смотрят, но все видят, и уши их не слушают, но все слышат. Безрадостные и беспечальные, они сохранили всю свою душу, и они совершенны, как создания высокого искусства. Через них я узнаю то, что должно совершиться, и это дает мне большую уверенность и спокойствие.

Елисавета сказала заботливо:

— Надобно кое-что убрать. Я тебе помогу.

Триродов равнодушно возразил:

— Не стоит. Будь спокойна.

Елисавета настаивала:

— Но все же лучше принять какие-нибудь меры.

Триродов решительно сказал:

— Они ничего не найдут. Они даже и тебя не увидят. Да я и не допущу обыска.

И сказал тихо:

— В дом моей мечты никто не войдет. И ты — мечта моя, моя Елисавета. Глупые зовут тебя Веточкою, веткою, для мудрого ты — таинственная роза.

Скоро послышались звонки и суетня: пришли незваные, новый исправник и жандармский полковник. Триродов спустился к ним вниз, в зал.

Жандармский полковник сказал:

— Проведите нас в ваш кабинет.

— Пожалуйста, — сказал Триродов. — Идите сюда.

Но Триродов отвел своих гостей далеко от кабинета.

Комната, куда он привел полицейских, была очень похожа на его кабинет. Но мрачная, как темница.

Искали везде. Исправник, переведенный сюда из дальнего уезда и еще сохранивший всю свою захолустную грубоватость, стукнул сгибом сухого пальца в замкнутую дверь и сказал:

— А тут что? Отоприте-ка.

Триродов вынул из кармана маленький зеленый шарик и уронил его на пол. Странным синеватым дымом наполнилась комната. Триродов исчез. Запахло горько и сладко. Казалось полицейским, что пахнет кровью и что сладко ее сосать.

Они стали на четвереньки. Онемели. Им казалось, что они обратились в громадных клопов. Они быстро побежали на руках и на ногах вниз по лестнице, по двору, по дороге. Во мраке чутьем различая дорогу, быстро бежали по дороге в город гигантские клопы в мундирах.

Светало, когда они бежали по улицам. Ранние прохожие в ужасе сторонились от них.

Прибежали на свои квартиры. Были пыльные, изодранные. Долго спали. Проспавшись, не могли вспомнить, где были, и что с ними было, и куда они растеряли свои казенные бумаги, и что им теперь надобно делать.

Глава девяносто вторая

Были уже первые дни золотой осени. Прекрасный год в природе, тревожный и грозовой в людях.

Неудачная война питала смуту. Война и не могла быть удачною, потому что ее не направляло народное одушевление. Бородачи запасные думали о покинутых семьях и о родной земле и не понимали, зачем их повели воевать чужую землю. Подвиги высокого геройства были ярки, но бесцельны — это были прекрасные огни, горевшие в сражающихся множествах, но не зажигавшие в них воинственного восторга. Была непреклонная готовность мужественно умирать, и, конечно, хотелось бы победить, но не было столь же непреклонной воли к победе. Вожди забыли, что обороняющийся не может победить.

Рабочие на фабриках и на заводах в Скородоже давно уже волновались. Нередко вспыхивали отдельные забастовки то в одном заведении, то в другом. Наконец в начале октября началась общая забастовка. Требования были те же, что везде: пять свобод, четвертная формула выборов, и учредительное собрание.

Повод для забастовки, как это часто в то время случалось, был совершенно ничтожный.

В темную ночь рабочий Алексей Кулинов, молодой, начитанный человек, возвращался домой. Он был у своего большого приятеля, учителя городского училища Воронка. Там нынче вечером собралось несколько человек для чтения и беседы. Разошлись в разные стороны, и случилось так, что Кулинову пришлось идти одному. Он был сильный и рослый и ничего не боялся. Шел, посвистывал. Вспоминалось все слышанное, и душа горела гордыми, смелыми надеждами.

Навстречу Кулинову посредине улицы шла толпа горланов. Кое у кого из них в руках качались фонари, — на городское освещение горожане мало полагались, уж очень оно было скудное на окраинах. Это были члены черносотенного союза. Речи ораторов, отравленные демонскою злобою, и выпивка на дворе у Конопацкой настроили их патриотически. Они были готовы сокрушать супостатов и орали бесстыдные песни.

Место было глухое и безлюдное — окраина города. Куликову проще было бы свернуть с дороги, в боковой переулочек, — да нет, зачем?

Стыдно показалось бежать. Да и вспомнил, что у него в кармане есть револьвер.

Его окрикнул пьяный голос:

— Стой! Что ты есть за человек и куда идешь?

Кулинов сердито буркнул:

— А вам что? Иду по своему делу и вас не трогаю.

Кто-то заорал:

— Братцы, да это из лохматых. Бей его!

Кто-то схватил Кулинова за плечо. Он поспешно выхватил револьвер из кармана и выстрелил вверх, чтобы напугать хулиганов. Толпа шарахнулась в стороны. Раздался ответный выстрел, другой, третий. Молодцы тоже вспомнили, что они вооружены, и принялись палить без толку из своих браунингов. Кто-то свирепо вопил:

— Убьем собаку и в ответе не будем.

— Сам начал! — кричал другой.

Кулинов побежал. Банда за ним. Гремели выстрелы, не

попадая в цель. Было темно, были пьяны, но все же только счастливый случай спас Кулинова от чьей-нибудь шальной пули.

Наконец Кулинов добрался до своего дома. Юркнул в калитку. Поспешно задвинул засов. Бросился на крыльцо. Дверь была заперта. Он постучал в окно.

Долго не открывали. Он слышал, как шептались за окном. А громилы уже ломали калитку. Грохот наполнял всю улицу.

— Да отворите же! — отчаянно кричал Кулинов. — Ведь они меня убьют.

Его хозяйка, сырая вдова-мещанка, и ее две рохли-дочери боялись открыть. Они дрожали и шептались за дверью. Тогда вскочил с постели хозяйкин сын, пятнадцатилетний мальчик Митя. Бросился было к двери, но мать его оттолкнула и сердито зашипела на него. Мальчик побежал в комнату жильца и там распахнул окно. Громким шепотом позвал:

— Алексей Степаныч, лезьте в окно.

Кулинов проворно вскочил в окно и захлопнул его за собою. Как раз вовремя, — громилы ворвались во двор. Долго стучались они в двери и в окна, но почему-то боялись ломать дверь. Сырая вдова и две рохли тряслись от страха. Они стояли все трое за дверью в комнату Кулинова и ныли на разные голоса:

— Батюшка, Алексей Степаныч, выдь, сделай милость, к окаянным. Силой войдут, и нас из-за тебя погубят, и мальчонку пришибут. Будь благодетель, выдь, — мы за твою грешную душеньку Богу помолимся, — сиротская молитва до Бога доходчива.

Митя упрекал их:

— Бога побойтесь, маменька, на смерть человека посылаете. И вам, сестрицы, стыдно, — чем бы маменьку успокаивать, а вы ее пуще расстраиваете.

Мать зашипела на него:

— Ты у меня помолчи, шалапут. Зачем его впустил? Всех нас под обух подвел. Погоди, жива к утру останусь, так я с тебя семь шкур спущу.

Митя деловито отвечал:

— Нынче, маменька, таких прав нет. Что следует, накажите, а тиранить нельзя.

Громилы шумели на дворе и распевали песни.

Полиция пришла только утром: задами, через огороды,

сбегал Митя в полицейское управление и рассказал, что толпа хулиганов ломится в их дом. Сами полицейские словно и не заметили шума и выстрелов.

Буянов разогнали. Но никого из них не задержали. А у Кулинова сделали обыск, на всякий случай. Ничего не нашли — счастливая случайность: еще дня за два был целый тюк литературы, но ее удалось быстро распространить. Револьвер же догадливый Митя стащил еще утром и спрятал на огороде.

Этот случай сильно взволновал и без того возбужденных рабочих. Говорили:

— Что ж это такое! От черносотенцев житья не стало! Скоро нас, как собак, убивать будут.

Через день началась забастовка. В толпах рабочих раздавались угрожающие крики:

— Долой черносотенцев!

Забастовка продолжалась недели две. С фабрик и заводов забастовка перекинулась в учебные заведения.

На беду, случилась как раз в эти дни неприятная история в гимназии.

Какой-то маленький гимназистик на перемене занялся пусканием в лица товарищей и учителей бумажных стрел, намоченных чернилами. Учителя политично делали вид, что не замечают. Одна из таких стрел попала в лицо проходившему случайно через зал директору, человеку нервному и болезненному. После этой удачной стрелы старшие гимназисты захохотали: директор, придирчивый и раздражительный, был нелюбим учениками.

Шалун так оторопел, что не догадался ускользнуть от бросившегося к нему директора и получил от него звонкую пощечину. Услышав звук пощечины, гимназисты зашумели и засвистали. Несколько дюжих молодцов из старших классов бросились на директора с кулаками. Испуганный старик бегом добрался до своей квартиры и уже не выходил оттуда.

Об этом случае много говорили в городе. По обыкновению, сильно преувеличивали и присочиняли небывалые подробности. Говорили, что директор сбил мальчика с ног и кричал на него:

— В карцере сгною!

Гимназисты и гимназистки кричали, что дальше так жить нельзя. Они произвели в классах химическую обструкцию. Побили стекла в квартире директора гимназии и еще кое-где.

Вместо уроков устраивали сходки, заперев двери своих классов, чтобы не входили учителя. Наконец объявили, что присоединяются к общей забастовке.

Директор гимназии послал по начальству прошение об отставке. Но вместо отставки его перевели в другой город, а к новому году дали звезду.

Потом забастовали телеграфисты, почтовые чиновники и почтальоны, трамвайные служащие, служащие на электрической станции и железнодорожники. Кроме общих причин, у всех их были и свои особенности, иногда мелкие, но очень раздражающие. Во всех этих местах начальствующие люди, как бы не понимая затруднительности положения, вели себя заносчиво. Закрылись многие магазины, — начали бастовать приказчики, добиваясь и для себя справедливых льгот и праздничного отдыха.

Город имел странный вид. Трамваи не ходили. Электрические фонари и лампы не горели. По улицам ходило много праздных, возбужденных людей. Письма и газеты не доставлялись, — разве только случайно. Обыватели не могли приспособиться к этому беспорядку. Стало очень неудобно жить и даже опасно. Какое-то моральное землетрясение день за днем потрясало зыбкую почву обывательских умов и обывательской жизни.

Многие из обывателей сочувствовали забастовке. Многие злобились на забастовщиков. Сочувствовавшие выражали свое сочувствие тайком или совсем его не выражали. Злобящиеся злобились открыто и громко. Такое неравенство выражения чувств только усиливало общую напряженность положения.

Несмотря на забастовку, в городе царило необычайное возбуждение. Трудно было понять, на чьей стороне больше сил. Власти не прибегали к решительным мерам — ждали войск, — но и вся губерния волновалась. В Скородож отряд пехоты и драгун явился только на десятый день забастовки.

Среди забастовавших, между тем, уже начиналась нужда. Запасишки, какие были, живо были проедены. Положение начинало становиться угрожающим.

Каждый день собирались на Опалихе; так называлось обширное загородное поле около Летнего сада, где порою устраивались народные гулянья. Кроме того, собирались в железнодорожном клубе. Все эти собрания проходили мирно.

Говорились речи, пелись гимны. Расходились с криками:

— Долой войну!

Только раз полиция вздумала проявить свою деятельность. На десятый день забастовки расклеено было по городу объявление от вице-губернатора, — за отъездом губернатора в столицу он управлял губерниею, — что запрещаются собрания на Опалихе и вообще в окрестностях города, ввиду того, что собрания приняли политическую окраску. Над этим объявлением рабочие смеялись. Кое-где его срывали. В других местах покрывали насмешливыми надписями.

В середине октября происходило на Опалихе обычное собрание. Еще с утра ожидали рабочих казаки, драгуны и пехотинцы.

В середине собрания, когда, взобравшись на притащенный из соседнего трактира стол, партийный агитатор говорил речь, приехал полициймейстер. Он сказал что-то казакам. Казаки внезапно ринулись на толпу, работая нагайками. Несколько минут слышался только свист нагаек да крики и стоны избиваемых. Забастовщики были рассеяны. Небольшую часть их забрали и отвели в полицию. Многие разбежались по лесу. На них устроили облаву.

Обыватели возмущались неумеренным употреблением нагайки. Да и среди казаков и солдат было немало недовольных. Но кто возлагал на это недовольство какие-нибудь надежды, тот скоро убедился в своей ошибке.

Кербах говорил:

— Это — законный террор! Они нас хотят терроризировать, мы отвечаем тем же.

Слишком сильно спорить с ним не смели.

Кража иконы дала черносотенцам удобный повод для злых науськиваний на интеллигенцию. Остров распространял слухи, что икону похитил и сжег Триродов и что сделал это он потому, что он — безбожник и ненавидит христианскую церковь. Вообще Остров много работал в эти дни. Полтинин и Поцелуйчиков ему помогали. Хитрая и ловкая Раиса, поселившись в городе и еще не открывая своих денег, уже успела войти в милость генеральши Конопацкой и уже помогала ей в хозяйственных работах по ее черносотенным организациям.

Союз русских людей усиленно действовал. Кербах и Жербенев раздавали народу московскую черносотенную газету. В ней были возмутительные статьи против евреев. Деньги на эту раздачу давала Конопацкая.

Кружок местных интеллигентов тоже сделал попытку бесплатно раздавать прогрессивные газеты. Но газетчиков полиция забирала. Между другими, отдали под суд за хранение и распространение нелегальных изданий и Мишу Матова, не стесняясь его незрелым возрастом. Кропин хотел было посадить его в тюрьму, но Петр оказал покровительство своему брату и взял его на поруки. Рамеев, боясь, что на душе мальчика все эти неприятности отразятся слишком тяжело, решил отправить его доучиваться за границу.

В черносотенных кругах все громче и чаще говорили, что икону украл Триродов. Городская толпа начинала верить этому.

Наконец Кропин написал приказ о задержании Триродова. Он отправился с этим приказом, захватив полицейских, в дом Триродова. Но народная смута помешала этому акту правосудия. Кропин вышел из своей квартиры как раз в тот час, когда к дому Триродова нельзя было пробраться.

Глава девяносто третья

В эти дни объединились люди разных взглядов, сходившиеся только в ненависти к старому строю. Забастовка, избиения на улицах, народная смута, растерянность властей, общая уверенность в том, что должны произойти перемены в государственном строе, — все это заставляло людей, жаждущих переворота, волноваться и думать, что на них лежит историческая ответственность, что они могут и должны что-то сделать.

Забастовавшие начинали голодать. Равнодушный ко всему на свете обыватель роптал на чувствительные неприятности забастовки. Из разных мест России доходили слухи, то радующие, то печальные и часто сильно преувеличенные. И вот потому возникал вопрос, что же делать сейчас и здесь. Притом же стали ходить слухи, что черная сотня замышляет погром интеллигенции.

Решили устроить общее собрание представителей от рабочих, интеллигенции и учащихся. Назначено было это собрание в доме Триродова. Нашли, что в его доме наиболее удобно собраться.

Собрались днем, часа в два. Были тут люди разных партий и разных убеждений. Председателем выбрали доктора Тумарина, того самого, что разговаривал на маскараде с Елисаветою о вдове Пилипонкиной.

Долго и шумно спорили. Было предложено учредить городскую милицию, для защиты граждан от нападения черносотенцев. Многие говорили в защиту этого предложения.

Записался говорить и Триродов. После нескольких пламенных речей дошла очередь до него. Триродов возражал против учреждения милиции. Он говорил:

— Если вы вооружитесь, то ваши противники скажут, что вы начали вооруженное восстание. Хотите ли вы этого? И что вы на это скажете?

Чей-то резкий голос, по-видимому женский, торопливо выкрикнул:

— Провокаторский вопрос.

Председатель взялся за звонок. Триродов продолжал:

— Для вооруженного восстания вы слабы. Вы не можете сражаться с правительственными войсками. Вы не находитесь в связи с другими революционными силами страны и даже ничего верного и положительного о них не знаете. Вы — не часть великого целого, а малое стадо, может быть, и готовое умереть, но, однако, готовое ли? Вы и сами чувствуете свою слабость и потому вы говорите, что вы — не революционеры, а милиционеры, что вы не нападаете, а только защищаетесь. Но поражение защищающегося — только вопрос времени и зависит только от настойчивости врага. Побеждает всегда нападающий и сильный. А за то, что у вас в руках оружие, вас будут убивать. И после вашей смерти кто-то недобрый и вечно искушающий посмеется над вами и скажет: «Поднявший меч от меча и погибнет».

Громадное большинство собравшихся было за милицию. Речь Триродова слушали угрюмо. Наконец зашикали и засвистали. Триродов хотел продолжать. Но шум возрастал. Тонкий женский голос опять крикнул:

— Провокатор!

Кто-то оживленно и злобно кричал:

— Он на жалованьи у правительства.

Чей-то измененный, глухой голос прорычал из темного угла:

— Он икону украл.

Триродов подошел к председателю. Сказал:

— Разве вы не слышите этой брани и клеветы по моему адресу?

Тумарин глянул на Триродова злобно и грубо протянул:

— Ну?

Триродову стало весело. Долговязый врач показался ему маленьким дерзким мальчиком. Захотелось погладить его по голове. Триродов ласково, как говорят с детьми, сказал:

— Вы бы призвали их к порядку.

Угрюмый врач продолжал дерзить:

— Ого! Рты зажать хотите, королевские привычки загодя усваиваете! У нас этот номер не пройдет.

Триродов сошел с эстрады. Лохматые молодые люди в блузах, подпоясанных ремешками, и девушки с раскрасневшимися некрасивыми, но очень умными лицами, какие бывают только у недалеких людей, свирепо кричали ему в лицо бранные слова. Одна курсистка в красной кофточке, когда Триродов проходил мимо нее, сложила руки рупором и пронзительно засвистала. Малый с глянцевитыми волосами, похожий на приказчика, крикнул:

— Вы запугать нас хотите. Да мы не такие трусы, как Лабазников.

Говоривший напоминал злосчастную судьбу одного здешнего купца.

Сын богатого купца-домовладельца Лабазникова, мальчик лет семнадцати, шалун, проводивший большую часть своего свободного времени на дворе и на улице около отцовских лавок и амбаров, заметил у забора в своем дворе какую-то бумагу. Это была занесенная ветром или кем-то подброшенная прокламация. Одна из тех, которых было тогда много.

Мальчик прочитал прокламацию. Не очень много в ней понял — его образование не пошло дальше городской школы, — но почуял в ней ущерб своего классового интереса. Он сообразил, что приказчикам и мальчишкам из лавки показывать ее не след. Отдал ее отцу.

Отец тоже прочитал. Понял столько же. Решительные выражения прокламации навели на него страх. Он отнес ее квартиранту, казначейскому чиновнику.

Чиновник, вернувшись со службы и пообедав, облекся, по

обыкновению, в широкий бухарский халат, надел мягкие высокие татарские сапоги и сел у окна читать газеты и смотреть, что делается на улице. Лабазников показал чиновнику прокламацию. Спросил:

— Что мне с нею сделать? Так как мы в гимназиях не обучались, то мне что-то и невдомек.

Чиновник в халате взял прокламацию, молча повертел ее в руках, сурово посмотрел на Лабазникова и не читая возвратил помятую серую бумажку. Лабазников испугался. Не посмел расспрашивать. С тем и ушел.

После того Лабазников стал задумчив и пуглив. Плохо спал, мало ел, с тела спал.

Недавно во двор к Лабазникову пришла санитарная комиссия для осмотра. Лабазников очень испугался. Вышел на двор. Прячась от посетителей, стал рыть заступом яму. Он шептал побелевшими губами:

— Прокламацию надобно спрятать.

Теперь Лабазников совсем помешался. Он постоянно прячет что-то. Ему все чудятся обыски.

В числе говоривших за милицию Триродов с удивлением узнал молодого телеграфиста Ценкина, большого любителя театра. Ценкин прежде посещал иногда Глафиру Конопацкую, хотя и не записывался ни в одну из ее темных организаций. Он был деятельным членом товарищества для устройства спектаклей в народном доме.

Ценкин произнес страстную радикальную речь. Впрочем, здесь и все ораторы говорили очень страстно и очень решительно, не скупясь на эпитеты. Когда Ценкин кончил, когда затих гром рукоплесканий, — всем таким ораторам рукоплескали громогласно, — и когда внимание собравшихся перешло на другого, Триродов подошел к Ценкину. Сказал ему тихо:

— Я думал, что вы из черной сотни.

Ценкин сделал важное и серьезное лицо и сказал:

— События открывают глаза всем.

И потом сказал горячо:

— У меня маменька — русская, а папенька был выкрест из евреев. Ну и что же, вы думаете, я не чувствую страданий угнетенного племени?

Говорили за милицию еще начальник железнодорожной станции Голвин и его письмоводитель Вожаков. Говорили почти одно и то же и почти одними, и теми же словами.

Потом говорил учитель гимназии Бодеев. Он старался изобретать новые аргументы. Его писклявый голос раздражал Триродова. Маленький, толстенький, белобрысенький, в очках, с реденькою бородкою, с похилыми плечами, Бодеев слишком похож был на учителя. Слова о вооружении, о самозащите казались в его устах забавными.

Досадливо подумал Триродов, что люди с таким голосом не могут говорить правды, потому что не знают ее, да и не могут знать. Голос в большей степени, чем это думают, является выразителем полноты жизнеощущения. Гортань — не только орган голоса, она — и половой орган, связанный с самым таинственным и глубоким в организме живого существа. Полный и звучный голос знаменует полноту и значительность телесных переживаний, плодовитость организма. Кастраты и люди стерилизованной души таким полнозвучием не обладают.

Но собравшимся нравился Бодеев, как и все такие ораторы. Восторг освобождения, столь, по-видимому, близкого, требовал слов пламенных и громких. Гром рукоплесканий покрыл речь Бодеева, — конечно, гром: иного выражения и подбирать не следует.

С ужасом и с тоскою смотрел Триродов на волнующееся собрание, на все эти молодые, суровые, прекрасные в своей оживленности лица. Он думал печально:

«Ничего у вас не выйдет. Ненавидящий людей бросит тела ваши в глубокую пропасть, и бросит их друг на друга, чтобы засыпать пропасть вашими телами, — чтобы засыпать ее чем попало, благо ваша доблесть сама того хочет. Когда тела ваши истлеют, когда с наносною смешаются они землею, летучие ветры бросят на них семена полевых трав, и прорастут травы, и раскроют свои простодушные очи невинные цветы. Потом, когда-нибудь в земных веках, по возникшему над пропастью лугу пройдут на тот берег спокойно и безопасно те, кто еще не родились, кто родятся не от вас».

В зале между тем перешли к обсуждению практических вопросов.

Оказалось, что готово и оружие. Оно хранилось за городом, в доме управляющего большим имением какой-то генеральши, проводящей свои веселые дни в заграничных вояжах.

Начался сбор денег. Чья-то шапка передавалась из рук в руки.

В нее бросали деньги, — была тут и медь, и серебро было, несколько бумажек и золотых монет. На бумажном ярлычке, пришпиленном к ней булавкою, была надпись карандашом: «На оружие».

С другой стороны пошла по рукам чья-то другая шапка. Ее картонный, заготовленный, очевидно, заранее ярлык гласили «На семьи безработных». Написано было фиолетовыми чернилами, подчеркнуто и снабжено восклицательным знаком.

Когда одна из этих шапок дошла до Триродова, он спросил:

— А чья шапка?

Юная красногубая курсисточка в очках грубо крикнула на него:

— А вам-то что за дело? Допросчик какой нашелся, — потише проговорила она.

Ее сосед, студент в косоворотке, угрюмо сказал:

— Ворующих здесь нет.

Триродов усмехнулся. Толкаясь в толпе, он увидел там двух ворующих и двух доносящих. Думал, что этого сорта людей здесь и еще бы можно было найти.

Меж тем председатель говорил:

— Внесено такое предложение. Так как могут быть раненые, то желательно сформировать санитарный отряд из желающих.

Со всех сторон закричали:

— Согласны!

— Сформировать!

— Пусть желающие записываются.

Председатель провозгласил:

— Предложение принято. Желающих прошу записываться.

Стали записываться многие из молодежи — студенты, курсистки, гимназисты и гимназистки. Председатель кричал:

— А где лазарет устроить?

— Здесь, — кричали в толпе, — удобнее нет места.

— Здесь и в народном доме.

Так и решили.

Разойтись спокойно не удалось. Когда стали выходить на дорогу, было уже темно и холодно. Яркие звезды зажглись в небе.

Все были оживлены и веселы. Казалось всем, что сделали какое-то необходимое и значительное дело. Веселые, гордые звучали песни.

Вдруг с двух сторон показались казаки. Пришлось вернуться в дом и расходиться уже поодиночке. Казаки рассыпались по всей дороге до города. Но никого не задержали.

Кирша был невесел. Темные предчувствия томили его. Триродов спросил:

— Что ты, Кирша?

Кирша тихо отвечал:

— Убивать будут.

Триродов улыбнулся. Спросил:

— Разве это так страшно?

Кирша говорил:

— Они будут бояться, будут плакать и кричать от страха. И темные люди, похожие на зверей, будут мучить их, терзать их тела, жечь их огнем. И дом наш сожгут.

Глава девяносто четвертая

Еще несколько месяцев тому назад Триродов построил сильно действующий аппарат для беспроволочного телеграфирования. Одну станцию этого телеграфа он установил в своей оранжерее. Соответствующая ей была установлена, по его письменным указаниям, в Пальме, в том самом доме, где жил Филиппо Меччио. После нескольких неудач дело пошло на лад, и Триродов мог сноситься со своими далекими друзьями беспрепятственно. В Скородоже никто не знал об этом аппарате, кроме двух преданных Триродову молодых инженеров, которые заведовали машинами в доме и в оранжерее.

Поздно вечером, когда уже все разошлись, телеграф, установленный в оранжерее, известил Триродова, что его избрание в короли обеспечено и что конвент соберется для выборов короля завтра утром.

И уже не знал теперь Триродов, радоваться ему или скорбеть. Не знал, может ли он теперь остановить то случайное сплетение обстоятельств, которое накинуло на него свои тугие петли. Может ли он идти к роковым свершениям своего замысла? Какой из своих безумных ликов обратит к нему неумолимая Мойра, — лик ли непреклонной Айсы, лик ли прихотливой Ананке?

Всю эту ночь Триродов и Елисавета провели без сна. Долго говорили они о том, что им делать. Триродов сказал печально:

— Я уверен, что эта игра в милицию добром не окончится. Боюсь, что завтра произойдут страшные события. И мой Кирша томится предвещательною тоскою. Я спорил с ними, — они меня не слушали. Все, что я могу сделать, — открыть для них двери моей оранжереи и доставить их, куда они сами захотят, — на мою новую луну или в их старую Европу, строить новую жизнь, или собирать там, где не сеяли.

Елисавета спросила:

— А что же будет с этим домом?

Триродов спокойно ответил:

— Он будет разрушен. Люди, которые не знают, что делают, будут выть и плясать на его развалинах. Все, что в этом доме дорого для меня, надо перенести в оранжерею. Мои тихие дети уже многое перенесли. Я знаю, они не оставят здесь ничего, чего мне было бы жалко.

Елисавета тихо сказала:

— Я так полюбила этот дом.

И заплакала тихо, по милой женской привычке проливать слезы, когда сердцу больно и горько. Триродов внимательно посмотрел на Елисавету и спросил ее:

— Не думаешь ли ты, Елисавета, что надо протелеграфировать им, в Пальму, чтобы они отложили выборы на несколько дней?

— Зачем? — спросила Елисавета.

— Мы подождем конца здешних событий, — отвечал Триродов.

Елисавета отрицательно покачала головою и сказала:

— Нет, этого не надобно делать. Пусть люди и здесь, и там делают, что хотят. Замедляя ход событий, мы ничего не достигаем ни здесь, ни там. Только усложняется положение с каждым лишним днем и все теснее затягиваются узлы.

— Да, Елисавета, это верно, — сказал Триродов, — и если я думал о том, не отложить ли день выборов, то потому только, что мне как-то неловко было думать, что я посредством этих выборов стремлюсь к личной безопасности.

Елисавета возразила спокойно:

— Какая же безопасность? Вспомни казнь Максимилиана, императора мексиканского, вспомни убийства многих владык. Сколько их погибло за один только прошлый век! И разве они были тиранами?

Около полуночи Елисавета и Триродов подошли к окну.

Тихо возносились и опускались качели. Тихие дети опять качались на них, убаюканные ясным светом луны.

Пафос мерных качаний заразил Елисавету. И ей захотелось взойти на качели, ночью, при луне безрадостной, беспечальной, при этой милой неживой спутнице, и качаться в прохладе близких, свежих ветвей над светло-туманною долиною. Елисавета вышла к ним. Сказала:

— Милые дети, покачайте меня.

И они взяли ее на качели и качали долго и мерно. Душа ее томилась на светлых качелях, переносясь от безнадежности к желаниям.

Дети и учительницы из колонии уже переселились в оранжерею. Теперь они помогали Триродову и Елисавете переносить их вещи. Вся ночь прошла незаметно в этих сборах.

Чувства Елисаветы и Триродова были спутанны и неясны. Страх, тоска, и радость, и любопытство — дьявольская смесь, дрожь демонской лихорадки, жестокая игра, над которою опять и опять посмеется коварный, недобрый и соблазняющий вечно.

В этой смуте чувств развлекали разные мелкие заботы. Надо было все окончательно приготовить для пути. Оранжерея была заранее снабжена всем необходимым, но все это надо было еще раз проверить, и многое забытое пришлось дополнить наскоро.

На другой день началась выдача оружия всем желающим поступить в милицию. К десяти часам утра милиция сформировалась. У всех было оружие. Милицию отправили в театр, охранять порядок — там назначен был большой митинг. Другой отряд направили в дом Триродова, — без определенной цели, на всякий случай.

А в то же время на улицах городовые раздавали прохожим билеты на собрание черносотенцев в городской думе.

В здании учительской семинарии с утра собралась сходка. Было человек четыреста — семинаристы, реалисты, гимназисты, гимназистки. Произносились политические речи. А кое-кто из молодежи говорил и про свои школьные дела. Но эти речи не так нравились. Да и торопились: назначена была уличная демонстрация.

Сходка окончилась. Учащиеся вышли на улицу. Толпою пошли они по улицам к соборной площади. Там должен был состояться народный митинг. А оттуда хотели идти к фабрикам. Впереди шли со значками и со знаменами мальчики и девочки младших классов.

Подобен вдохновениям и восторгам великой музыки восторг общественных торжеств, праздничных шествий и свободных манифестаций. Шествие по широким просторам дорог и улиц, самовольное и смелое, выше небес поднимает душу, будет ли оно героическое или преступное. И разве преступник не чувствует себя героем, а порою и герои разве не чувствуют себя преступниками? И есть одно, что несомненно сближает героя и преступника, — их обреченность, их готовность идти на казнь.

Самозабвение, как в светлом акте творчества, сжигает время и воспламеняет душу. Смелы и пламенны желания, и кажется, что нет пределов дерзающей воле. Сердце бьется сильно, петь хочется, — хорошо!

Обыватели поспешно высовывались из окон, выходили на балконы своих домов и улыбались от радости и от любопытства. Они приветствовали манифестантов, махали им платками, кричали «ура». Им казалось, что они участвуют в общем подвиге и утверждают свободу, великую, прекрасную, одну из пяти свобод.

Шествие медленно приближалось к соборной площади. Восторженные гимназистки восклицали:

— Это что-то новое, никогда не испытанное!

— Как нас приветствуют!

— Все точно братья и сестры!

— Одна великая семья!

Они не знали, что их ждет. Они думали, что народ на площади встретит их с восторгом. Народ на площади, который пришел покупать и продавать, потому что это был базарный день.

Казаки явились откуда-то; за шествием детей слышался дробный стук по камням копыт. Но в этом не было ничего страшащего, — точно почетный конвой.

В то же время толпы народа собирались на другой митинг в здании народного дома. Там была и большая часть милиции.

У мещанской управы собралась толпа, человек двести, с белыми лентами в петлицах. Было десятка два, похожие на переодетых городовых, — одетые одинаково, в казенных сапогах и в форменных шароварах. Были здесь и оборванцы, которых в Скородоже называли золоторотцами.

Появились черносотенные ораторы. Они усиленно разжигали толпу. Призывали избивать евреев, железнодорожников, студентов, тех, кто украл чудотворную икону, и всех, кто против правительства. К толпе подходили все новые и новые люди.

Яков Полтинин, Остров и Поцелуйчиков сидели в ближней чайной. Они речей не говорили, в толпу не показывались. Но от них и к ним шныряли молодцы-подручные.

Панический страх охватил мирное население города. Ворота калитки, двери, окна поспешно закрывались. Обыватели прятались по домам. Даже занавески у окон опускали.

Казалось, что в городе только и есть, что ревущие и гикающие черносотенники, да бегущие от них со своими неумелыми браунингами милиционеры, да еще казаки и солдаты. Их отряды почти бесцельно двигались по городу и по дороге к Просяным Полянам: они старались разъединить черносотенцев от милиционеров и никогда не успевали в том. В городе толпа грабила квартиры евреев. Особенно пострадали почему-то зубные врачи.

Около «казенок» было много людей. Оборванцы раздобыли откуда-то денег, покупали водку и жадно пили ее тут же на улице.

За Ценкиным гналась толпа молодых озорников. Ценкин забежал в чей-то дом. Хулиганы стучали в калитку и в окна и кричали:

— Выходи, Ценкин, не то живого сожжем.

Ценкин показался из окна. Выстрелил из револьвера, почти не целясь. Кого-то ранил. Раненый завопил неистовым голосом:

— Ой, ой, братцы, убили!

Громилы ворвались в дом. Ценкин побежал было на чердак, но его поймали на лестнице и убили. Труп изуродовали так, что потом его едва признали.

Врывались и на фабрики с криками:

— Давайте ученых!

Врачи, химики, колористы в страхе прятались или бежали.

Многие были избиты.

Глава девяносто пятая

Многие скрылись в доме Триродова. Все собрались в белом зале. Беспорядочно рассуждали, что делать дальше. Председательствовал опять Тумарин.

После полудня толпа уже осаждала усадьбу Триродова. Раздавались угрозы и проклятия. Все эти пьяные люди расположились так, как будто ими распоряжался опытный стратег: стояли перед всеми воротами и калитками по дороге, по полям и на берегу Скородени.

Громилы разбили главные ворота, а кто прямо перелез через стены, и скоро запрудили все дворы. Но не смогли проникнуть в самый дом. Входные двери были плотно заперты. Начали было их выламывать, — но из маленького круглого окошечка над дверью показался легкий огонек и послышался негромкий треск револьверного выстрела. Громилы шарахнулись назад.

Пока еще не обращали внимания на сад и на оранжерею. Толпа яростно бесновалась перед главным домом.

Полетели камни в окна. Многие стекла были разбиты. Но белый зал выходил окнами в сад, и поэтому там было еще спокойно.

Какой-то смельчак полез было в окно первого этажа. Из-за окна дико завопил, спрыгнул с подоконника и скрылся в толпе. Стоявшие перед этим окном трусливо и озлобленно попятились. Никто не решался повторить этой попытки.

Скоро к триродовской усадьбе подъехали две коляски с губернаторскими чиновниками и подошли две роты солдат да сотня казаков. Остановились в стороне. Смотрели, ничего не делая. Власти не решались бить патриотов.

Около этого же времени появились здесь и Остров с друзьями. В городе уже дело было сделано, — надобно было кончать здесь.

Черносотенные ораторы, выбирая места на дворах или на дорогах, где офицерам их было не видно, подстрекали толпу разгромить и сжечь дом.

Когда уже начало темнеть и в белом зале зажглось несколько лампочек в средней люстре, в белый зал вошел полицейский чиновник, сухой, костлявый, бритый, с громадным ртом. Он сказал:

— Господа, я прислан от господина губернатора. Господин губернатор предлагает вам выходить. Иначе мы вынуждены будем стрелять.

Женский испуганный голос из толпы крикнул:

— А вы нас защитите от черносотенцев?

Чиновник пожал плечами и сказал:

— Там у нас войска.

Воронок спросил чиновника:

— Вы можете дать нам честное слово, что вышедшие будут в безопасности?

Чиновник развел руками и тихо, с притворною скорбью на лице, сказал:

— Господа, вы обречены на смерть. Народ разъярен. Ничего нельзя сделать.

Послышались возбужденные голоса:

— Что, что он говорит?

Чиновник быстро ушел; на сухих губах его играла сладострастно-жестокая улыбка.

— Позвольте, позвольте, я с вами, — заговорил старенький инженер.

Торопливо побежал за чиновником. Но, едва он показался на крыльце, в него полетели камни. Чиновник юркнул в ту сторону, где стояли казаки. Инженер упал.

Надежда выбежала на крыльцо. Она подняла старика и с усилием втащила в дом, закрывая собою от летевших камней. Только один маленький, острый камень задел и расцарапал ее руку выше локтя.

Среди собравшихся в белом зале передавались слова губернаторского чиновника. Поднялись шумные крики, вопли, стоны. Какие-то женщины забились в истерике.

Триродов вошел в белый зал. Поднялся на эстраду. Сказал:

— Господа, позвольте сказать два слова.

Вопли и стоны понемногу стихли. Триродов говорил:

— Предлагаю вам всем идти в мою оранжерею. Ход в нее безопасен, — он идет под землею. Вот здесь, за эстрадою, — дверь в этот ход. Оранжерея устроена так, что она может отделиться от земли и улететь в небесные пространства.

Кто-то засмеялся. Кто-то крикнул:

— Что за ерунда!

Угрюмый рабочий закричал сердито:

— Люди подохнуть готовы, а он сказки сказывает, головы морочит.

Звонкоголосая дантистка завопила:

— Господин Триродов, вы — провокатор!

Триродов продолжал спокойно:

— Я изобрел способ преодолеть земное тяготение. Я обращу мою оранжерею в шар, подобный планете, и на нем поднимусь с земли. Куда я устремлюсь, я еще не знаю. Это зависит от обстоятельств. Тот способ передвижения, который я изобрел, на земле еще не практиковался, хотя он и описан в одном из романов Уэльса. Могу поручиться только за полную безопасность путешествия со мною. Мы отправимся, может быть, на луну. Желающие могут последовать за мною. Это гораздо дальше, чем Новая Зеландия, но, по всей вероятности, интереснее.

В зале поднялся невообразимый гвалт. Свистали, шипели, топали, визжали. Звонкоголосая дантистка выскочила из толпы, взобралась на эстраду и сучила кулачишки перед глазами Триродова.

Триродов, стараясь перекричать толпу, сказал:

— Еще раз предлагаю желающим спасение со мною. Поверьте мне, идите со мною. Вот эта дверь останется открытою. Желающие могут воспользоваться ею.

Затихший было на минуту гвалт возобновился. Тщетно Воронок взывал:

— Товарищи, не возмущайтесь. Несчастный сошел с ума.

Триродов ушел. Дверь оставил открытою.

Кое-кто пошел за ним. Подумав немного, пошла и визгливая дантистка. Она кричала:

— Товарищи, надо кому-нибудь из нас пойти за ним, взглянуть, в чем дело.

В оранжерее собрались многие. Тут были Рамеев, Миша, учительницы, дети. Дети из колонии сначала робко глядели на тихих детей. Потом стали с ними разговаривать.

Несколько раз Триродов ходил в белый зал, уговаривая оставшихся там идти за ним. Но так как он продолжал говорить, что возможно путешествие на луну, то пошло за ним в разное время меньше половины собравшихся в доме.

Все в оранжерее было готово для пути. Наружная дверь в сад была замкнута. Стоило закрыть только дверь подземного хода и открыть руль.

Меж тем толпа громил все увеличивалась. Разломали забор сада, ворвались в сад и пытались разрушить оранжерею. Остров подстрекал людей, а сам держался далеко позади. В стеклянные стены летели камни. Стекло звенело, но оставалось целым. Камни раскалывались и отскакивали.

Несколько громил проникли в подвал дома. Зажгли там дрова. Потом кое-как выбрались через узкие окна. Одного едва вытащили, — он уже начинал задыхаться от дыма.

Скоро весь дом пылал. Занимались и деревья сада. Люди в доме задыхались в дыму. Еще несколько человек спаслись подземным ходом. Но многие и теперь не верили Триродову и предпочитали взбираться на крышу или выбрасываться из окон.

Приехали пожарные, но работать им не дали. Толпа бросилась на них с угрозами. Пожарные разбежались.

Толпа грабила и убивала всякого, кто бросался из окон, спускался по трубам, спасался на крыше. Над завыванием огня носились пронзительные стоны, мольбы и проклятия избиваемых, и еще громче звучало дикое завывание и гиканье убийц.

Постепенно загорались деревянные здания на дворах — конюшни, сараи. Они пылали, как ряд костров, облитых смолою. Воздух был раскален. Клубы дыма заволокли дорогу и дворы. Толпа отхлынула, подальше и кольцом стояла вдоль каменных стен усадьбы.

Из горящего здания выбежало еще несколько мужчин и женщин. Их тут же убили и ограбили. Изрубленные трупы вытащили на дорогу и сложили в кучу. Поверх этой кучи положили тело девушки. В живот ей вбили кол.

Раздался страшный грохот. Столб огня взвился над домом. Яркие брызги взметнулись и разбросались далеко. Провалилась крыша. Под нею погибли все, еще оставшиеся в доме.

Кто-то кричал, что в подвалах и в погребах спрятались люди. Кричали:

— Надо с ними покончить!

— Чтобы никто живым не вышел из этого проклятого дома!

Пьяный паренек, прижимая к груди портрет и громко икая, кричал:

— Братцы, идем, расшибем, тут, недалечка, дом Рамеева.

Пьяных становилось все больше. Толпа продолжала неистовствовать вкруг оранжереи.

Триродов пригласил всех, вошедших в оранжерею, поместиться как можно дальше от стен, у среднего столба. В середине громадной оранжереи было тихо, и внешний неистовый шум сюда не доносился. Здесь была роща апельсиновых деревьев и посреди нее большой бассейн.

Триродов говорил:

— Сейчас мы начнем подниматься. Может быть, почувствуем сильный толчок. Прошу каждого держаться крепко за что-нибудь и не бояться, если вода из этого бассейна и из других прольется, — не пройдет и минуты, как она вся вернется в берега. Итак, держитесь за деревья, за перила бассейнов, — я даю сигнал к поднятию.

Он открыл стеклянный футляр, взялся за рычаг и сказал молодому инженеру, который возился с чем-то в соседней беседке:

— Николай Дмитриевич, приготовьте руль на нашем северном полюсе.

Из беседки скоро послышался веселый голос:

— Готово.

Триродов крикнул:

— Откройте руль!

И стал медленно поворачивать рычаг.

Елисавета воскликнула:

— Как легко стало! Точно земля ушла из-под ног.

Небо оранжереи становилось ближе, — казалось, что вырастал, поднимая людей, громадный холм. Под ногами слышен был лязг стальных пружин. Вода хлынула откуда-то из далекого бассейна и быстро сбежала!

— Готово! Идем! — кричал молодой инженер. Чей-то озабоченный голос крикнул:

— Идите сюда, смотрите на землю!

В саду громилы стали ломать деревья и таскать их к стенам оранжереи. Хотели зажечь их, думали, что стекла от жары лопнут.

Вдруг, словно от беззвучного взрыва, оранжерея стала стремительно подниматься, обнажая свое круглое, стеклянное дно. Толпа в ужасе шарахнулась прочь.

Странен был и жуток эффект превращения оранжереи в

планету. Что-то громадное, круглое, светящееся стремительно и бесшумно взлетало на воздух, переливаясь радугою пламенных цветов в отблесках пожара. Увлекаемый длинною цепью, прикрепленною к оранжерее, быстро влекся, ломая кусты и деревья, громадный каменный шар. Взвился и он и вращался вокруг поднимающегося в высоту хрустального шара. Все выше, все меньше, — и наконец среди звезд на юго-западе исчез шар триродовской оранжереи.

Вечером толпа буянов подошла к больнице. Потребовали выдачи избитых. Кричали:

— Недобитых прикончим!

— Надобно эту пакость начисто вывесть!

Врач долго уговаривал буянов, стоя на крыльце заразного отделения. Буяны полезли было на крыльцо. Врач сказал спокойно:

— Сюда, братцы, нельзя. Здесь детское отделение.

Кто-кто крикнул:

— А вот мы сами посмотрим, какое такое детское.

Но вовремя подоспели казаки. Буяны разбежались.

Толпа буйствовала всю ночь. На следующий день продолжали грабить магазины и лавки. Казаки и пехота не успевали их защищать, — толпы громил были подвижнее. Так продолжалось, пока в город не пришли новые отряды войск.

Губернатор издал воззвание к жителям. Воззвание расклеили на перекрестках и роздали дворникам. Оно приглашало жителей приступить к обычным занятиям. Были уверения, что приняты меры к защите всех жителей, независимо от их сословий и вероисповеданий.

Из столицы пришел телеграфный запрос о судьбе вновь избранного короля Балеарского. Так как тон запроса был довольно неприятный, то местные власти всполошились.

Судебный следователь начал следствие о поджогах, убийствах и грабежах. Он высиживал в своей камере с утра до позднего вечера. Допрашивал множество людей. Радовался, что будет грандиозное дело и что он на этом деле сделал карьеру.

Один из избитых в усадьбе Триродова был поднят со слабыми признаками жизни. В больнице он очнулся. Рассказал, что Триродов звал всех в оранжерею, на которой хотел лететь на луну. Его слова сначала были приняты за бред. Но очень многие видели громадный шар, вылетевший с того места, где была, по слухам, оранжерея и где осталась только громадная яма, похожая на дно высохшего бассейна. Решили, что Триродов с женою и с сыном спасся на аэростате. Об этом донесли в столицу.

Глава девяносто шестая

Конвент в Пальме, уполномоченный для избрания короля, собрался. Было несколько предварительных заседаний, и каждый день собирались частные совещания, партийные и междупартийные. Скоро выяснилось, что имя принца Танкреда не соберет большинства. Не было большинства и за провозглашение республики. Тогда все партии конвента решили голосовать за Георгия Триродова. Аристократы и аграрии, хотя и очень неохотно, решились на этот шаг, чтобы спасти, по крайней мере, монархическую идею и чтобы новый король, избранный также и их голосами, тем яснее чувствовал необходимость стоять выше партий, то есть вне живой политической жизни.

Известие о том, что избрание Георгия Триродова обеспечено, быстро разнеслось по городу и вызвало чрезвычайное волнение.

Всю ночь улицы Пальмы были многолюдны и шумны. Кафе были открыты всю ночь, на многих домах развевались флаги. Неведомо откуда взявшиеся ночные мальчишки жгли на улицах и площадях всякий мусор и с веселым гиканьем носились от одного костра к другому.

Популярность Георгия Триродова в последние дни чрезвычайно возросла. Почти не было дома в стране, где бы не висел на стене его портрет. Знаменитый местный поэт уже успел напечатать сборник переведенных им стихотворений Георгия Триродова. Усердные учителя уже давали мальчикам и девочкам заучивать некоторые из этих стихотворений, те, где говорилось о добре. Но шаловливые мальчишки, раздобыв книжку, выискивали и заучивали стихи о зле, читали их на уроках, и этим приводили учителей в большое смущение.

Уже напрасно клерикальные газеты повторяли сплетни русских рептилий о грехах и пороках Георгия Триродова и о том, что близ его дома убит русский чиновник при обстоятельствах, бросающих тень на самого Триродова. Напрасно, — никто их не слушал.

Взбешенный принц Танкред собирался уехать. Но друзья настойчиво советовали ему остаться в стране и спокойно пользоваться теми личными правами, которые перед бракосочетанием были утверждены за ним парламентским актом. Они уверяли принца, что Триродов не долго нацарствует и что армия и флот готовы поднять оружие за возлюбленного и доблестного принца. Но для этого, — говорили они, — гораздо удобнее, чтобы Танкред оставался в рядах армии.

Танкред говорил:

— Но ведь в таком случае я должен буду принести присягу на верность этому проходимцу.

Кардинал успокаивал принца:

— Церковь разрешит вас от этой, вынужденной обстоятельствами, присяги. Народ же получит назидательный урок того, к чему приводит его своеволие неверующих политических деятелей.

Утром открылось заседание конгресса для избрания короля. Трибуны были переполнены. Дипломаты, дамы, светские люди, журналисты, адвокаты, все, кого можно видеть на больших собраниях, были здесь. Веселое оживление царило в зале. Лица политических деятелей и изысканные дамские туалеты в равной мере привлекали общее внимание.

В это время в Скородоже судебный следователь Кропин в своей полутемной камере писал приказ о заключении Триродова под стражу по обвинению в убийстве исправника и в покушении на убийство вице-губернатора. И в то же время на улицах Скородожа неистовствовали черносотенцы.

Началось голосование. Было тихо в громадном белом зале. Сквозь стеклянный потолок, куполом раскинувшийся над залом и наполовину задернутый от солнца длинными полосами желтоватого полотна, падал спокойный и ясный свет. Из открытых высоких окон доносились шумы морского прибоя и далекие голоса толпы. Мерно раздавался монотонный голос старшего секретаря, читающего имена членов конвента, и шаги подходящих по очереди к председательскому возвышению депутатов с избирательными бюллетенями в руках, сложенными однообразно вчетверо.

Один за другим проходили господа, во фраках, иные в пестрых национальных костюмах. Чувствуя на себе взоры прекрасных дам, одни принимали гордую осанку, другие неловко сгибались и торопились на широких ступенях лестницы, огибающей ораторскую трибуну, пустую в этот день, — потому что в этот день говорил только председатель. У президентского стола депутаты, вкладывали свои бюллетени в окованный ярко-желтыми медными устами прорез замкнутого большого ящика из американского бука, желтого, блистающего строгою полировкою.

Еще тише стало, когда все бюллетени были поданы. Последний подававший бюллетень, молодой сельский врач с Форментеры Телесфоро Зурбано, поспешно, почти бегом, добрался до своего места и уселся мешковато, смугло раскрасневшийся, думая, что все смотрят на него, как на последнего. Председатель конгресса, толстый бритый старик, похожий на Ренана, встал, отомкнул ящик, опустил туда руку, взял первый из бюллетеней наудачу, медленно развернул и прочел:

— Георгий Триродов.

Один из секретарей принял развернутый бюллетень, проставил на нем цифру 1 и положил его в первый из стоящих на столе перед ним ящиков из палисандрового дерева. Второй секретарь записал на листе бумаги имя Георгия Триродова, поставил рядом с ним единицу и громко сказал:

— Георгий Триродов, один голос.

Председатель вынул из ящика другой листок, развернул его так же медленно, прочел то же имя, так же протянул листок секретарю, — повторилась вся та же процедура. Только теперь первый из секретарей поставил на бюллетене цифру 2, а второй записывающий голоса секретарь рядом с единицею около имени Георгия Триродова поставил запятую и цифру 2 и сказал громко:

— Георгий Триродов — два голоса.

И так повторялось дальше. Кроме девяти бюллетеней, на остальных стояло имя Георгия Триродова.

Мало-помалу торжественная тишина в зале разбивалась шорохом тихих разговоров.

Когда секретарь сказал:

— Георгий Триродов — двести одиннадцать голосов, — в зале стало шумно. Уже никто не слушал дальше. Большинство за Георгия Триродова уже составилось, — всех депутатов в конвенте было четыреста двадцать один, — и человек, живущий в далеком русском городе, становился отныне Георгием Первым, королем Соединенных Островов, королем Майорки и Минорки, государем Балеарским и Питиусским.

Под шум взволнованных разговоров все бюллетени были прочитаны. Все это продолжалось немного менее двух часов. Раздался председательский звонок. Пристава забегали по трибунам и в проходах между креслами депутатов, восклицая:

— Тише! Тише!

Депутаты, из которых многие к тому времени разбрелись по всему зданию парламента, поспешно возвращались на свои места; двери, ведущие в зал, бесшумно открывались и закрывались.

Когда все депутаты сидели на местах, председатель опять позвонил и встал. Все притихли. В звучной тишине обширного древнего зала послышались тихие, торжественные слова:

— Объявляю результаты голосования. Присутствовали четыреста двадцать один депутат, избранные народом Соединенных Островов и уполномоченные избрать короля. Подано четыреста двадцать один бюллетень. Из них семь без всякой надписи. Два со словами «да здравствует республика». Четыреста двенадцать с именем Георгия Триродова. Объявляю, что королем Соединенных Островов избран господин Георгий Триродов, литератор, доктор химии, сын Сергея и Екатерины Триродовых, родившийся 29 октября 1865 года в Москве, в России, живущий ныне в своем замке близ города Скородожа в России. Его величество король Георгий Первый женат вторым браком на Елисавете, дочери господина Ивана Рамеева, которая отныне, согласно парламентскому акту 23 ноября 1487 года, признается нашею королевою. Король имеет от первого брака сына Кирилла, который с этого дня, согласно тому же акту, признается наследником престола. Да здравствует король Георгий Первый!

Громкие крики повторили этот возглас. И затем, вслед за председателем, все в зале воскликнули:

— Да здравствует королева Елисавета!

— Да здравствует наследный принц Кирилл!

Председатель, его товарищи, секретари и министры вышли на балкон объявить народу об избрании короля. Шумными криками встретила толпа с утра жданную весть.

В здании парламента депутаты и журналисты осаждали телефоны и телеграфные аппараты.

Город ликовал. Веяли флаги. Корабли и пароходы расцветились флагами. В магазинах и на улицах продавались портреты Георгия, Елисаветы и Кирилла. К вечеру зажглись праздничные огни.

А в Скородоже толпа бесновалась перед домом Триродова и любовалась пожаром.

Глава девяносто седьмая

Поздно ночью в Пальму пришло телеграфное известие о том, что чернь в Скородоже, настроенная реакционно и раздраженная политическою деятельностью Триродова, произвела буйство и сожгла его дом. Все находившиеся в доме погибли, в том числе вновь избранный король Георгий, королева Елисавета и наследный принц Кирилл.

Это известие произвело ошеломляющее впечатление. Улицы опять с раннего утра наполнились толпами, настроенными гневно и печально. Флаги исчезли. Выставленные в окнах портреты короля, королевы и наследного принца окутались трауром.

Газеты были полны негодующих статей. Только в газете Филиппа Меччио появилось полученное вечером по беспроволочному телеграфу известие, которое всем казалось непонятным:

«Мы поднялись в моей оранжерее из Скородожа, держимся...»

Здесь телеграмма прерывалась, и затем аппарат бездействовал; попытки телеграфировать из Пальмы были безуспешны.

Филиппо Меччио, отчасти осведомленный о планах Триродова, думал, что ему удалось поднять шар своей оранжереи; но то, что телеграмма была прервана, заставляло его предполагать, что затем в оранжерее произошла какая-то катастрофа и что никем не управляемый хрустальный шар мчится в неведомые пространства.

— Впрочем, — говорил он Афре, — может быть, что сообщение прервано только потому, что шар отошел на слишком большое расстояние от нас.

Афра плакала о судьбе милой Елисаветы, с которою она познакомилась заочно, по ее письмам, и которая почему-то казалась ей похожею на королеву Ортруду.

Жители Пальмы были в отчаянии и в ярости. Гибель их короля при таких обстоятельствах казалась им чудовищною. Перед домом русского посланника произошла утром грандиозная демонстрация. Полиция с трудом, при помощи военного отряда, оттеснила толпу.

Принц Танкред в эту ночь был на ужине у маркизы Элеоноры Аринас. Когда встали из-за стола, кто-то сообщил по телефону известие о гибели нового короля.

Принц Танкред пришел в дикий восторг. Хохоча, как безумный, забывши всю свою сдержанность, он кричал:

— Король сволочи погиб в уличной свалке! Это им урок, фрачникам конвента, болтливым пекинам! Постыдный и назидательный урок!

Маркиза Элеонора Аринас настаивала, чтобы принц Танкред объявил себя королем. Но он еще ждал, что конвент образумится и предложит ему корону.

В партиях закипела оживленная работа. Каждая пыталась извлечь для себя пользу из случившегося. Усердно агитировали синдикалисты. Социал-демократы надеялись овладеть властью для создания нового социального строя. Либералы усилили агитацию за республику. Все реакционные элементы деятельно работали за принца Танкреда.

Везде на улицах происходили бурные сцены.

Между тем телеграф приносил из России все новые подробности, более и более ужасные.

Конвент через день сошелся опять. И опять радовались дамы и хорошие господа, сытые и жизнерадостные.

— В парламенте снова большой день.

Трибуны опять были переполнены.

Для формы внесен был запрос о судьбе короля. Виктор Лорена повторил то, что все знали из газет. Но многозначительно прибавил:

— Подтверждения страшной вести не только не получено, но даже последние телеграммы извещают, что вскоре после того, как начался пожар, из сада близ пылающего дома поднялся на большую высоту громадный аэростат, который скрылся вскоре в юго-западном направлении. Потому следует еще надеяться, что их величества и принц Кирилл спасены.

Нельзя думать, чтобы местные власти не приняли всех мер для ограждения безопасности иностранного монарха и его августейшей семьи. Итак, нам следует ждать, пока положение выяснится. До тех пор министерство, опираясь на доверие конвента, будет по-прежнему нести ответственность и бремя власти.

Никто в конвенте не разделял этого оптимизма. Произносились бурные речи. Клеймили русское правительство.

Все партии вносили свои резолюции. И ни одна не принималась, кроме одной, совершенно бессодержательной, но выражающей доверие министерству.

Вечером в газете Филиппа Меччио появилась короткая статья. Призыв:

— Граждане, соединитесь, организуйте власть сами. События не ждут.

Волнение народа усиливалось. Из городов приходили тревожные вести.

На Минорке была провозглашена социалистическая коммуна. На Питиусских островах, Ивисе и Форментере была сделана попытка провозгласить буржуазную республику; народ остался к ней равнодушен. Около Пальмы организовывались синдикаты.

Наконец, после краткого колебания, принц Танкред провозгласил себя королем. Виктор Лорена долго отговаривал его от этого шага. Но в душе был доволен, — был уверен, что самовольство Танкреда погубит его.

Так как Виктор Лорена отказался контрасигнировать манифест Танкреда о его восшествии на престол, то Танкред назначил своим первым министром герцога Кабреру; министром финансов был назначен барон Лилиенфельд; остальные министры Танкреда были назначены им из среды аграриев и аристократов. Но ни в одно из министерских зданий этим господам не удалось проникнуть, и они устроили свои временные канцелярии в своих собственных домах и в новом дворце, который по завещанию королевы Клары достался Танкреду.

Раздраженный конвент объявил принца Танкреда государственным преступником и решил предать его и его сообщников верховному суду. Одному из своих старейших членов, доктору государственного права Доминго

Мендизабалу, конвент поручил обязанности судебного следователя, а министру юстиции — обязанности государственного обвинителя. Господин Мендизабал устроил свою камеру в здании парламента и послал принцу Танкреду, именующему себя королем, приказ явиться в его камеру. Такие же приказы посланы были и министрам Танкреда.

Армия разделилась на две части: за Танкреда, и за национальный конвент. Танкред поторопился бросить верных ему солдат на парламент, чтобы выполнить свою программу государственного переворота, — разогнать народных представителей.

Около дворца и около парламента произошел уличный бой, краткий, но ожесточенный. Войска Танкреда были разбиты наголову.

Танкред пытался взойти на один из военных кораблей. Но в решительную минуту большая часть флота оказалась верною национальному конвенту. Паровой катер, на котором выехал из старого дворца Танкред, был встречен огнем скорострельных пушек Гочкиса. Пришлось вернуться.

Принц Танкред прятался в старом королевском дворце. Выхода не было. Войска конвента окружили дворец. А на море корабли, ставшие за Танкреда, отчасти были потоплены, отчасти, сильно подбитые, бежали. Танкред слышал, что есть подземный ход, но никто не знал, откуда этот ход начинается.

Принц Танкред спрятался в круглой башне, на вершину которой восходила Ортруда. Он слушал в своем убежище шумные крики солдат. Был один. Смотрел на звездное небо. Искал утешения в молитве.

В это время граф Камаи нашел, что пора предать Танкреда. Он переговорил с одним из командиров национального войска. Пехотный батальон был введен во дворец. Бесшумно ступая босыми ногами по мрамору коридоров, солдаты шли за графом Камаи. Слышался только отчетливый стук легких каблуков предателя.

Он подошел к двери в круглую башню и постучал. Послышался голос Танкреда:

— Кто там?

— Граф Камаи, ваше величество.

— Войдите.

Открылась дверь. Вошел граф Камаи.

Танкред радостно встретил его. Сказал:

— Последний верный друг. С чем вы приходите ко мне, граф? Двусмысленно улыбаясь, граф Камаи отвечал:

— С солдатами, ваше величество.

И следом за ним ворвались солдаты, пыльные, потные, злые. Граф Камаи отошел в сторону.

Принц Танкред защищался яростно и храбро. Его убили. Изрубленный труп его выбросили из окна на мостовую.

И лежал он всю ночь средь буйствующей столицы. Рано утром пришла цыганка. Она села над трупом и завыла горько:

— Танкред, безумный Танкред! Отдай мне мое золото!

Пришли солдаты, грубо оттолкнули цыганку, подняли труп и отнесли его в замок. Виктор Лорена распорядился, чтобы его хоронили со всеми почестями, приличными члену королевского дома. У принца Танкреда на континенте были родственники, и их не следовало раздражать.

Предательство графа Камаи не принесло ему никакой пользы. Ему предъявили обвинения в том, что, получив в свое распоряжение военный отряд для арестования принца Танкреда, он не принял мер для ограждения личной безопасности принца. Графа Камаи арестовали и повезли в тюрьму. По дороге толпа напала на его экипаж и оттеснила немногочисленный конвой. Графа Камаи вытащили из кареты и повесили на уличном фонаре.

Приверженцы погибшего принца Танкреда пытались бежать из Пальмы. Но мало кому из них это удалось. Министры Танкреда были арестованы. Верховный суд приговорил герцога Кабреру к смертной казни через расстреляние, остальных к пожизненному тюремному заключению.

Приверженцев Танкреда, взятых с оружием в руках, предавали военному суду, и он приговаривал их к смертной казни. Других просто убивала толпа, вешая на уличных фонарях. Так погиб в руках разъяренной толпы кардинал Валенцуэла.

Свирепые «дамы рынка» опять принялись истязать нарядных дам. Элеонору Аринас размыкали по приморскому шоссе, как древнюю Брунгильду. Только вместо лошадей взяли ее автомобиль, на котором она пыталась выбраться из Пальмы.

Дом Любви Христовой был разрушен, и пансионерок его жестоко избили.

Но никто не знал, что будет дальше и что теперь следует делать. Ни одна мера, вносимая в конвент, не собирала за себя большинства голосов. Ни одна партия не могла увлечь за собою весь народ Соединенных Островов.

Казалось, что Соединенным Островам предстоят дни смут, кровопролитных междоусобиц и, быть может, грозит присоединение к какому-нибудь из соседних государств или раздел между ними. К Пальме уже двигались иностранные корабли с сильными десантами.

Но вдруг в Пальме увидели с высоты небес световые сигналы. Огненные буквы на вечерних облаках возвестили:

— Король Георгий, королева Елисавета и наследный принц Кирилл спаслись и приближаются к Пальме на воздушном корабле.

Утром на прибрежье близ Пальмы медленно опустился громадный, великолепный хрустальный шар, подобный планете. Он тяжело вдавился в рыхлый морской песок и до половины ушел в землю. Толпы народа бежали из города и из окрестных селений к невиданному предмету, опять обратившемуся в громадное, полушаровидное хрустальное здание.

Двери этого великолепного голубого здания открылись. Король Георгий Первый вступил на землю своего нового отечества, чтобы царствовать в стране, насыщенной бурями.

Приложение

Максимилиан Волошин. Леонид Андреев и Федор Сологуб

Еще несколько лет тому назад «альманахи» были убежищами для — «посвященных», отмеченных знаком «Скорпиона» или «Грифа».

На страницах их, как в катакомбах, встречались немногие верные, знавшие друг друга в лицо.

Но времена изменились.

Альманахи из катакомб превратились в салоны, в которых, не стесняя друг друга, могут встречаться наиболее несовместимые, наиболее далекие друг другу современники.

Встречи эти бывают невероятны, но это имеет свою

прелесть.

Кто дерзнул бы сопоставить, кто попытался бы провести сравнения между этими писателями, столь несхожими, если бы они не оказались связанными страницами одной книги?

Та часть русской публики, которая любит в Леониде Андрееве его мучительные искания и ценит его как мыслителя по «Жизни Человека» и по «Елеазару», та публика не знает и не понимает ни горького сарказма, ни тонких намеков, ни сложной мифологии, ни классической простоты языка Сологуба.

* * *

Те же (пока еще немногие), кто любят в Сологубе то совершенство языка, которое ставит его прозу новою ступенью в истории русской речи, несравненное искусство построения и его точный прозрачный символизм, те не интересуются искренним, но неглубоким пессимизмом, сильным, но грубым пафосом Леонида Андреева.

Сологуб и Леонид Андреев нисколько не противоречат и не уничтожают друг друга, они не олицетворяют двух каких-либо полюсов в русской литературе, они никак друг другу не соответствуют, они иррациональны.

Быть может, даже если мы сможем отрешиться от всех форм и требований искусства, то мы найдем между ними некое отдаленное сходство, которое сведется к безвыходной муке земного воплощения и к тому осадку горечи и отчаяния, который неизбежно остается в душе, принявшей в себя обманное марево их произведений.

И в то же время сопоставление их на страницах альманаха «Шиповника» производит впечатление антитезы.

Это впечатление, в глубине неверное, возникает потому, что Леонид Андреев является как бы оригинальнейшим мастером в группе беллетристов, взошедших под знаком «Знания», в то время как Сологуб остается совершеннейшим мастером прозы среди декадентов.

Но между группой «Знания» и декадентами тоже нет противоречия, а есть только та иррациональность, что вообще существует между реализмом и символизмом.

Леонид Андреев и Сологуб соединены в одной книге только нумерацией страниц: от 9 до 67 — Андреев, от 189 до 305 —

Сологуб.

Не похоже ли это на страницу учебника физики, где мы читаем, что вибрации от 32 до 32768 мы воспринимаем в качестве звука, и те же самые вибрации между 35 трильонами и двумя квадрильонами — в виде света?

Я хочу сказать, что та безвыходность отчаяния, которая одинаково живет в обоих этих писателях, в Леониде Андрееве является нам в виде звука, т. е. крика во «Тьме», а в Сологубе в виде света, озаряющего целую систему темной вселенной.

Искусство их так же несравнимо, как звук и свет, хотя рождено из того же потрясения человеческой души.

Есть разница и в диапазоне этих художников.

В то время как Сологуб захватывает всю семицветную радугу света от ультракрасных до ультрафиолетовых лучей, Леониду Андрееву доступны только высшие ноты напряжения звука.

В распоряжении его нет оркестра звуков — он не знает ни ласкового шепота, ни тихих мелодий песни, потому что голос его надорван от крика.

Этот хриплый и прерывающийся крик надрывает сердце своим отчаяньем. В этом, а не в искусстве письма тайна того впечатления, которое производит Андреев.

Художник прежде всего музыкант.

Художник познает законы жизни, т. е. гармонию ее, независимо от его личного приятия или неприятия мира.

У Сологуба, например, познание музыкальной гармонии мира доведено до высших ступеней, но мира он не принимает и жаждет сладкого небытия, мед смерти предпочитает желчи жизни.

С этой точки зрения Андреев совсем не художник. Он не ищет тех внутренних законов, по которым строится жизнь и по которым вырастает Дух.

Собственное свое слепое чувство, не сознавая и не претворяя его, он переносит в мир объективный, украшая обилием реалистических подробностей, цель которых — заставить поверить читателя, убедить в том, что все так и есть.

В живописи такой прием называется «trompe l'oeil»[1], и художники порицают его.

Фигуры на гробницах Медичей нечеловечны, но они созданы по тем же законам, по которым Бог творил человека, и потому

_____

1 Изображение, создающее иллюзию реальности; обманчивая внешность (франц.).

живут.

Если же художник, который не знает законов рисунка, которые для живописи есть то же, что законы жизни для поэта, стремится ошибки свои загладить стереоскопическою выпуклостью фигур, он совершает художественный обман.

В одном из первых рассказов Андреева была деталь, очень запомнившаяся всем читавшим его тогда: у господина, внезапно умершего за картами, на подошве сапога прилипла бумажка от карамельки. В этой случайной подробности как бы сосредоточивался весь ужас смерти, и она потрясала своей рельефностью, как большой блик, удачно поставленный портретистом в зрачке глаза.

Прием этот типичен для манеры письма Леонида Андреева и вполне соответствует тому, что называется «trompe l'oeil».

Его мы встречаем у него теперь на каждом шагу. Тот же trompe l'oeil, когда он в «Тьме» говорит о «волосатых грязных ногах с испорченными, кривыми пальцами» и «мозоли на левом мизинце» у террориста, которого пришли арестовывать.

Его страдание и его человеческое чувство остаются с ним, но всю свою художественную наблюдательность, которая очень велика у него, он употребляет не на постижение законов, а на собиранье импрессионистических подробностей.

Он злоупотребляет ими, совершенно не зная чувства меры, и каждая картина его пестрит нестерпимо тысячами ярких бликов.

Это происходит оттого, что у Леонида Андреева нет живых людей, а есть манекены, которых он заставляет разыгрывать драму своей собственной души, но при этом старается их украсить всеми качествами реальности, сделать их преувеличенно четкими и выпуклыми.

Как пример обратного творчества можно привести Бальзака, который, взяв определенный характер, ставил его в известный круг обстоятельств и с холодным вниманием ученого, наблюдающего химическую реакцию, отмечал все движения души и действия своего героя.

Тот же метод, но бессознательнее и гениальнее был у Достоевского.

Поэтому нет ничего ошибочнее, как сопоставление Леонида Андреева с Достоевским, которое так невольно напрашивается.

Поскольку Леонид Андреев проявляется в своих произведениях как личность, он сам мог бы быть одним из героев Достоевского, но как художник он идет путем обратным.

Не менее ошибаются и те, которые считают Андреева символистом.

Быть символистом значит в обыденном явлении жизни провидеть вечное, провидеть одно из проявлений музыкальной гармонии мира.

«Все преходящее есть только символ» — поет хор духов в «Фаусте».

Символ всегда переход от частного к общему.

Поэтому символизм неизбежно зиждется на реализме и не может существовать без опоры на него.

Здесь лишь одна дорога — от преходящего к вечному.

Все преходящее для поэта есть напоминание, и все обыденные реальности будничной жизни, просветленные напоминанием, становятся символами.

Поэтому по существу своему символизм ясен и прозрачен, и если он является иногда запутанным и темным, то это не вина символизма, а вина либо плохого поэта, либо невнимательного читателя.

Образцом символа может служить в романе Сологуба образ полуденного солнца, о котором он говорит везде как о злом, огненном Змие.

Он говорит о «тяжелых взорах пламенного Змия», падающих на землю, о «грозном лике чудовища, горящего и не сгорающего над нами», и о том, что «погаснет неправедное светило, и в глубине земных переходов люди, освобожденные от опаляющего Змия, вознесут новую, мудрую жизнь».

И не впервые в «Навьих чарах» встречается этот образ. Он проходит через все творчество Сологуба, и в редком произведении его нет намека на «свирепого Дракона».

Напомню описание полудня в рассказе «Чудо отрока Лина».

«Был знойный день и самый яркий час дня после полудня. Огненно-мглистый небесный дракон, дрожа от всемирной безумной ярости, изливал из пламенной пасти на безмолвную и унылую равнину потоки знойного гнева. Иссохшая трава приникла к жаждущей и ждущей тщетно влаги земле и тосковала вместе с нею, и томилась, и никла, и задыхалась в пыли... Сжигаемая яростным Драконом, покорная и бессильная лежала Земля»...

Этот образ служит одним из важнейших ключей ко всему творчеству Сологуба.

В мире, созданном им, земля отдана во власть неправедного светила светодателя Люцифера, лютого Змия, которого она выносит лицом к лицу, который со злорадством правит всею мелкою пошлостью, всею «Передоновщиной» дневной жизни.

Спасением от яростного Дракона Сологубу является Ночь «тихая и милая», когда «тайно пламенеет великий огонь расцветающей Плоти», и подруга Ночи — ласковая Смерть и радостный уют прохладной могилы.

Так в каждом преходящем солнечном луче таится для Сологуба напоминание о конечной трагедии его мира.

***

Если же мы возьмем сравнения и образы Леонида Андреева, выводящие нас за пределы реальности, то мы увидим нечто диаметрально противоположное.

Вот ряд образов из «Тьмы»:

«Восхищенный сон, широко улыбнувшись, приложился шерстистой щекой своей к его щеке — одной, другою — обнял мягко, пощекотал колени и блаженно затих, положив мягкую, пушистую голову ему на грудь»...

...«Торжествуя, взвизгнул милый, мохнатый сон»...

...«Заиграла музыка в зале, запрыгали толкачиками коротенькие, частые звуки с голыми безволосыми головками»...

...«Решительным движением он выхватил револьвер, точно улыбнулся в чей-то черный, беззубый, провалившийся рот»...

...«Вылез своей мятой рожей дикий, пьяный, истерический хаос»...

Примеров этих достаточно, тем более, что они очень типичны для манеры Леонида Андреева и пути его творчества сказываются в них ясно.

Он вовсе не стремится прозреть в частном общее, а напротив — всякое отвлеченное понятие низводит до частного, снабжая его реалистическими и часто совсем необоснованными признаками.

У хаоса — мятая рожа; у сна — шерстистые щеки; у звуков музыки- безволосые головки.

Все это не символы, не образы, не аллегории, даже не олицетворения, а те же «trompe l'oeil», которыми он так злоупотребляет, бумажки от карамельки, которые он наклеивает не только на подошвы сапог своих трупов, но и на душевные состояния и на отвлеченные понятия.

И вот что выходит: он, будучи по природе своей проповедником, который в покаянном экстазе бьет себя в грудь, кается в своих грехах и обличает других, и вопит и зовет, он вместо этого замыкается в тысячах ненужных реалистических деталей.

Точно демон в арабских сказках, который в порыве ярости замыкает себя в узкую бутылку и остается там пленный, припечатанный печатью-Соломоновой.

Совершенно ясно, что теперь — в период «Иуды» и в период «Тьмы», он захвачен всецело вопросом о конечной жертве: «можно ли принять на себя предательство Христа? можно ли оставаться хорошим, когда другие плохи?».

И ясно тоже, что в этом вопросе его не интересует то, как это разрешается у других людей. Вопрос этот он разрешает сам для себя и отвечает точно:

«Личную добродетель надо принести в жертву. Иуда должен предать Христа. Не хочу быть хорошим, когда плохи другие. Вот вам моя добродетель, топчите ее, публичные девки».

И уже почти от своего лица провозглашает истерический тост: «За нашу братию! За подлецов, за мерзавцев, за трусов, за тех, кто умирает от сифилиса... За всех слепых от рождения! Зрячие, выколите себе глаза, ибо стыдно зрячим смотреть на слепых от рождения! Если нашими фонариками мы не можем осветить всю тьму, так погасим же все огни и все полезем во тьму. Выпьем за то, девицы, чтобы все огни погасли!».

В слова эти он вложил столько отчаянья и восторга, что они могли бы сдвинуть сердца, если бы... если бы они не были заперты, как демон в бутылку, если бы они не были замкнуты внутрь этой чересчур выпуклой, чересчур эффектной реалистической живописи, в которой нет биения жизни, а есть лишь искусно придуманные, подобранные «trompe l'oeil».

Образы, в которые одевает он свои душевные страдания, мертвят и душат то, что он хочет сказать, а сами приобретают ту дьявольскую, мертвенную живость, которой горели глаза гоголевского «Портрета».

Поэтому все его произведения не освобождают, а

пригнетают, не дарят, а отнимают.

Христианские ереси создавали трогательнейшие культы в честь отверженцев Библии — Каина и Иуды, утверждая в них великий закон жертвы, вплоть до жертвы конечным спасением своей души.

А Леонид Андреев, познав этот закон, каких чудовищ создал он из своего Иуды, из своего Террориста? Какой кошмар вышел у него из жизни человека и из радостной легенды о воскресшем Лазаре?

Не художник нас потрясает в Андрееве, потому что он совсем не художник, не проповедник, потому что он не умеет проповедовать, — потрясает темная и мятежная душа, надрывающая своим косноязычьем, невозможностью найти свой ритм, свои слова.

* * *

В любом рассказе Леонида Андреева видишь сразу и средоточие его души, и окружность его творчества.

Как личность он сказывается целиком в каждом своем произведении и замыкается в правильный круг.

У Сологуба нечто иное: в каждом из его произведений видишь только один отрезок, окружность, и лишь по изгибу его мысленно представляешь себе, где его центр, но не можешь ни обозреть сразу всего круга, ни коснуться его срединного огня.

Несмотря на свою видимую прозрачность, Сологуб поэт бесконечно сложный, и для того чтобы познать его душу, надо вычислить орбиты всех его произведений.

И тот, кто сделает это, увидит, что он стоит посреди своих планет, подобно Пламенному Змию, который служит для него неизменным символом Солнца.

Как фигуры на гробницах Медичи, мир его нечеловечен, но живет.

Быть может, это одна из возможностей, одно из долженствований мира.

Он прекрасен, строен и создан по тем же законам музыкальной гармонии, что и Божий мир, но только все в нем наоборот и сам он в небе своем, как неправедное светило — Антисолнце.

«Навьи чары» Сологуб начинает словами:

«Беру кусок жизни грубой и бедной и творю из него сладостную легенду, ибо я поэт. Косней во тьме тусклая, бытовая, или бушуй яростным пожаром, — над тобой, жизнь, я, поэт, воздвигну творимую мною легенду об очаровательном и прекрасном».

Не этими ли словами Светоносец Змий обольщал Еву в раю?

Но сладки обольщения поэта, и очарованию его нельзя противиться.

Только первая часть «Навьих чар», носящая имя «Творимой легенды», напечатана в альманахе, и многие из намерений автора остаются еще неясными и загадочными.

Но все же этим сказкам о поэте, химике и чародее Триродове и о его таинственном доме с подземными ходами, магическими зеркалами и темно-красными призмами — из неизвестного материала веришь больше, чем рассказу Леонида Андреева, снабженному столькими оправдательными документами и подробностями, свидетельствующими о том, что все так и было на самом деле.

Но Сологуб сумел достичь того, что сказке его хочется верить, а прочтя «Тьму», — против самой очевидности повторяешь: «Нет, не видел. Ничего этого не было и не может быть».

Со змеиным искусством и неотразимою убедительностью Сологуб развенчивает, опрозрачивает и будничную действительность обывательской жизни, и она становится похожа на серый волнующийся призрак, на наваждение знойного полудня. А между тем за оградами Нового Двора он строит иную жизнь — прекрасную и стройную — райскую школу свободных, счастливых полуобнаженных детей, живущих в лесу на берегу озера.

«Мы совлекли обувь с ног и к родной приникли земле. И совлекли одежду, и к родным приникли стихиям, и нашли в себе человека, только человека, — ни грубого зверя, ни расчетливого горожанина, — только плотью и любовью живущего человека».

Но над этим первобытным раем несознавшего себя человека он ставит таинственную и недобрую власть Триродова с Новым домом и непонятными «Тихими» мальчиками.

«Сознание есть великий разрушитель реальностей» — гласит индусская книга «Голос молчания».

Сознанием этим в высшей степени обладает Сологуб. Он

умеет совлекать с жизни покров реальностей и из мечты создавать реальности новые. Что может быть страшнее и реальнее, чем его описание прохождения мертвых по «Навьей тропе», и что более похоже на сон, чем споры его социал-демократов и массовка ночью в лесу?

Сологуб умный и недобрый колдун. В своем новом романе он завел огромную колдовскую игру, в которой замешаны силы земные, небесные и дьявольские.

И трудно оторваться от его полуденных наваждений и навьих чар.

* * *

Вначале сопоставление Леонида Андреева и Феодора Сологуба казалось мне невозможным и невероятным на страницах одной книги.

Но теперь это мне больше не кажется, и я склонен думать, что редакция «Шиповника» имела, поступая так, мысль тайную, но вполне определенную.

Евгений Замятин. Федор Сологуб

Also available from JiaHu Books:

Chekhov – Short Stories to 1880
English - 9781784351373
Russian - 9781784351212
Dual - 9781784351380
Chekhov – Short Stories of 1881
English - 9781784351489
Лучшие русские рассказы — 9781784351229
Дядя Ваня — А. П. Чехов — 9781784350000
Три сестры — А. П. Чехов — 9781784350017
Вишнёвый сад — А. П. Чехов - 9781909669819
Чайка — А. П. Чехов — 9781909669642
Дуэль — А. П. Чехов — 9781784350024

Иванов — А. П. Чехов — 9781784350093

Шутки - А. П. Чехов — 9781784350109

Остров Сахалин - А. П. Чехов — 9781784351120

Русланъ и Людмила — А. С. Пушкин - 9781909669000

Евгеній Онѣгинъ — А. С. Пушкин — 9781909669017

Пиковая дама, Медный всадник, Цыганы — А. С. Пушкин — 9781784350116

Капитанская дочка — А. С. Пушкин — 9781784350260

Борис Годунов — А. С. Пушкин — 9781784350291

Стихотворения: 1813-1820 — А. С. Пушкин — 9781784350864

Анна Каренина — Л. Н. Толстой — 9781909669154

Детство — Л. Н. Толстой — 9781784350949

Отрочество — Л. Н. Толстой — 9781784350956

Юность — Л. Н. Толстой — 9781784350963

Смерть Ивана Ильича — Л. Н. Толстой — 9781784350970

Крейцерова соната — Л. Н. Толстой — 9781784350987

Так что же нам делать? — Л. Н. Толстой — 9781784350994

Хаджи-Мурат — Л. Н. Толстой — 9781784351007

Царство божие внутри вас... — Л. Н. Толстой — 9781784351113

Записки из подполья — Ф. Достоевский — 9781784350472

Бедные люди — Ф. Достоевский — 9781784350895

Повести и рассказы — Ф. Достоевский — 9781784350901

Двойник — Ф. Достоевский — 9781784350932

Вечера на хуторе близ Диканьки - Николай Гоголь - 9781784351755

Рудин — И. С. Тургенев — 9781784350222

Записки охотника - И. С. Тургенев — 9781784350390

Нахлебник - И. С. Тургенев — 9781784350246

Отцы и дети — И. С. Тургенев - 978178435123

Ася — И. С. Тургенев — 9781784350079

Первая любовь — И. С. Тургенев — 9781784350086

Вешние воды — И. С. Тургенев — 9781784350253

Накануне — И. С. Тургенев — 9781784350512

Мать — Максим Горький — 9781909669628

Человек-амфибия — А. Беляев - 9781784350369

Рассказ о семи повешенных и другие повести — Л. Н. Андреев — 9781909669659

Жизнь Василия Фивейского — Л. Н. Андреев — 9781784351182

Соборяне — Н. С. Лесков - 9781784351939

Леди Макбет Мценского уезда и Запечатленный ангел - Н. С. Лесков - 9781909669666

Очарованный странник — Н. С. Лесков — 9781909669727

Некуда — Н. С. Лесков -9781909669673

Мы - Евгений Замятин- 9781909669758

Санин — М. П. Арцыбашев — 9781909669949

Двенадцать стульев — Ильф и Петров - 9781784350239

Золотой теленок — Ильф и Петров - 9781784350468

Мастер и Маргарита — М.А. Булгаков - 9781909669895

Собачье сердце — М.А. Булгаков — 9781909669536

Записки юного врача — М.А. Булгаков — 9781909669680

Роковые яйца — М.А. Булгаков — 9781909669840

Горе от ума — А. С. Грибоедов - 9781784350376

Рассказы для детей - Д. Хармс - 9781784350529

Евгений Онегин (Либретто) — 9781909669741

Пиковая Дама (Либретто) — 9781909669918

Борис Годунов (Либретто) — 9781909669376

Руслан и Людмила (Либретто) — 9781784350666

Жизнь за царя (Либретто) — 9781784351250

Как закалялась сталь - Николай Островский - 9781784351946

Левша — Николай Лесков — 9781784351953

Тяжелие сны — Федор Сологуб - 9781784351977